今天如何读经典

刘 勇　李春雨◎主编

青春万岁

今天如何读王蒙

万安伦　刘浩冰　王剑飞　著

中国人民大学出版社
·北京·

图书在版编目（CIP）数据

青春万岁：今天如何读王蒙/万安伦，刘浩冰，王剑飞著. --北京：中国人民大学出版社，2025.3
（今天如何读经典/刘勇，李春雨主编）. -- ISBN 978
-7-300-33644-2

Ⅰ. I206.7

中国国家版本馆 CIP 数据核字第 2025Q07L16 号

今天如何读经典
刘　勇　李春雨　主编
青春万岁：今天如何读王蒙
万安伦　刘浩冰　王剑飞　著
Qingchun Wansui：Jintian Ruhe Du Wang Meng

出版发行	中国人民大学出版社		
社　　址	北京中关村大街 31 号	邮政编码	100080
电　　话	010-62511242（总编室）		010-62511770（质管部）
	010-82501766（邮购部）		010-62514148（门市部）
	010-62515195（发行公司）		010-62515275（盗版举报）
网　　址	http://www.crup.com.cn		
经　　销	新华书店		
印　　刷	北京昌联印刷有限公司		
开　　本	890 mm×1240 mm　1/32	版　次	2025 年 3 月第 1 版
印　　张	6.375 插页 1	印　次	2025 年 3 月第 1 次印刷
字　　数	110 000	定　价	39.00 元

版权所有　　侵权必究　　印装差错　　负责调换

目 录

引　言　共和国文学发展史上的"人民艺术家"

第一章　辗转他方皆有情

　　"俺是龙堂儿的"　//　013
　　我的记忆里没有童年　//　018
　　新疆是我的第二故乡　//　023

第二章　时代记忆的季节

　　留下青春无悔　//　029
　　回望历史的季节　//　036
　　青狐有梦后季节　//　046

第三章　且以诗酒赋华年

　　回归诗人的本色　//　053
　　传统诗歌的品读写　//　061
　　李商隐的诗歌人生　//　068

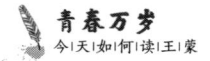

第四章　传统经典觅人生

红楼梦境有人生　//　077

向老子求帮助　//　085

奔腾于胸的《庄子》　//　091

汲取孔孟智慧　//　097

第五章　读书万卷终有径

早年读书经历　//　105

读书学习的经验与方法　//　113

第六章　钟爱文学与创作

创作经验与门径　//　125

他人眼中的王蒙作品　//　134

王蒙眼中的作家作品　//　141

第七章　这边也有好风景

边疆寄情　//　153

这边风景　//　161

域外览胜　//　171

第八章　这时代的怕与爱

王蒙的人生哲学　//　183

守住人生底线　//　188

现状、困惑与反思　//　193

引 言　共和国文学发展史上的"人民艺术家"

导 读

在共和国文学史上,王蒙首启共和国文学书写,先以《青春万岁》为肇端记录共和国的精神风貌,再以多部长篇年谱式记录共和国历史,兼以多种体裁、多种方式全方位探索,折射出共和国文学发展的思想光谱。为什么说读懂了王蒙,就读懂了共和国文学发展史?让我们一起在阅读中追寻。

引 言
共和国文学发展史上的"人民艺术家"

人因其文存续而能传之久远。我们讨论如何读王蒙,需解决为何读王蒙的逻辑前提。毫无疑问,王蒙的文学创作成就卓然于共和国文学史。他的文学创作与共和国发展历程相行并进、互证相通。在体裁形式上,举凡长、中、短篇小说,以及诗歌、散文、传记、报告文学、评点、发微等诸多领域,他皆有创造性贡献。在地域广度上,王蒙的写作范围涵盖中外,连通古今。在时间维度上,他聚焦共和国各个发展时段,从新中国成立至当下都有重要作品呈现。他的文学精神气度与共和国时代精神相嵌相印。2019年中华人民共和国成立70周年前夕,王蒙获授"人民艺术家"殊荣。70余年辛勤创作耕耘,浩浩两千万字,折映出共和国文学发展的璀璨思想光谱。

科林伍德曾说,"一切历史都是思想史",同样,一切历史也是文学的思想史。[①]作者作品呈现的文学思想便是特定时期历史的见证,王蒙正是以文学作品来记录、书写共和国史的。追溯王蒙的文学思想,难离其生存发展的社会环境,因此要从故乡家园中追溯其文学根脉。

王蒙出生于北京。他感念北京的胡同文化,并将关于"小

---

① 王思豪. 一切历史,也是文学的思想史. 中国社会科学报,2013-02-01(A07).

绒线胡同"的记忆深嵌进散文里。文学创作的别致在于观察细致入微，于常见处发现不平凡，小绒线胡同旁的槐树便被他写入了1956年发表的《组织部来了个年轻人》。王蒙声称"俺是龙堂儿的"，河北南皮的祖籍印记深印其间。他曾多次饱含深情地回访故乡，并钟爱听河北梆子。由南皮来到北京，由农村来到城市，王蒙曾说这是父亲这一辈子最大的功绩，而父母之间常为家庭琐事发生冲突又令他苦恼，这些事情被他写进长篇小说《活动变人形》（1987年出版）中。

　　回溯王蒙的文学创作，第二故乡——新疆对其影响至深。王蒙因《组织部来了个年轻人》在文坛崭露头角，又因此文批评现实中的官僚主义而受到批判。他被错划为"右派分子"，下放北京郊区从事体力劳动。4年后他赴北京师范学院（今首都师范大学）任教，一年后举家迁往新疆，一去便是16年。在新疆，他从学习维吾尔语入手，和维吾尔族人民打成一片。新疆的生活经历，使王蒙的写作脱胎换骨。少年成名的王蒙一心关注政治，而到新疆后就转为关注底层普通人的生活。《向春晖》《阿衣古丽会计》《好汉子伊斯麻尔》等一大批反映新疆普通人物的小说在他的笔下闪耀着光彩。除此之外，他在1974年到1978年间，历时4年创作了新疆题材的长篇小说《这边风景》。遗憾的是，这部手稿当时由于客观原因一直被搁置橱柜，直到34年后被人重新发现，并再度经审读修改，于2013年在花城

引言
共和国文学发展史上的"人民艺术家"

出版社出版。这部 70 万字的小说一经出版便轰动文坛。可以说,王蒙的文学创作是现实主义的,深烙着王蒙的文学思想的印迹。

王蒙于 1948 年 14 岁时加入中国共产党,1953 年开启共和国文学史的书写,出手便是长篇小说《青春万岁》,以青年之姿记录共和国之初的精神风貌。如果说长篇小说《青春万岁》是王蒙用热血和青春写就的激情乐章,那么"季节"系列就是他对共和国成立以来的时代沉思笔录。对与自己生平相连共进的时代,个人亲身经历的书写才最具说服力,"季节"系列的创作,除却王蒙个人的天赋才华,还有他的努力,以及他对时代、对中国文化问题的深层次思考。王蒙以"季节"命名的长篇小说共有四部——《恋爱的季节》《失态的季节》《踌躇的季节》《狂欢的季节》,不过 1987 年出版的《活动变人形》可以视为"季节"系列的前章,它主要写了 20 世纪 40 年代的事情。2004 年出版的《青狐》则写了 20 世纪八九十年代的文学圈景象,可以视为"季节"系列的续篇。由此,"季节"系列的时代跨度长达半个世纪。王蒙从亲历的时代走来,尤其是在历经世事沧桑后,荣辱悲喜,皆在心中。他以自身的体悟和感触看待这些经历,提笔创作,熔铸于小说中。可以说,读懂了王蒙的文学作品,也就在一定程度上读懂了共和国的时代和历史变迁。

回溯王蒙 70 余年的文学创作历程，丝毫未见衰竭的迹象，反而持续洋溢出"青春"的旺盛生命力。他以诗人身份铸就文学底色，赋予众多作品以灵魂，将外放的真性情注入不同阶段的文学创作中。直到今天，很多人认为王蒙是一位"政治化"的作家，其实在他表面的"政治化"下，会发现他是一位充满趣味、诗情且"复杂"的作家，他的文字情感细腻，他一直在用文字诠释自己的诗意人生。王蒙的"青春"诗意还体现在文学创作手法的运用上，他一直汲取西方现代主义文学的表现手法，新时期以来举凡"意识流""象征主义""幽默主义""超现实主义""荒诞派戏剧"等新手段，都能在他的作品中寻到迹象。他还曾接续中国传统笔记小说中的"无技巧"纪实性写作①，甚至尝试过时下盛行的类型小说创作。他的创作，始终在探索文学创作实践手法的多样性。

现代主义文学是西方 19 世纪后半期兴起的文学思潮，提倡从人的内心出发呈现现实生活对人的影响，以象征主义诗歌为开端，直到二战前后的存在主义文学，包括象征主义文学、未来主义文学、表现主义文学、意识流文学、存在主义文学等。

---

① 王干. 共和国的文学"书记官"：论王蒙的文学价值. 文艺报，2021-11-24（5）.

弗兰兹·卡夫卡、马赛尔·普鲁斯特、詹姆斯·乔伊斯被誉为西方现代主义文学的先驱。

中华优秀传统文化是我们今天稳站于世界的根基，王蒙在很早的时候就自觉或不自觉地从优秀传统文化中汲取营养。他说："我们讨论文化与传统，目的不是为了查核与校正古史古事古物古书，不是为了发思古之幽情、怀古之高雅，更不是要返回古代与先辈的生活方式，而是为了更深刻全面地认识当下，认识我们的文化、我们的生活的来历与精微内涵，认识传统文化的坚韧与新变。"① 他一直在用文学的方式方法，探索中华优秀传统文化与我们当下社会生活的结合。他爱读《红楼梦》，在他的著作中随处可见对《红楼梦》的引用。他曾声称，这是"一本最经得住读，经得住分析，经得住折腾的书"。王蒙在1995年写了《评点〈红楼梦〉》《讲说〈红楼梦〉》《红楼启示录》《不奴隶，毋宁死？》，可以说关于《红楼梦》的探讨，是王蒙在专题写作里面用力最勤、著述最多的。

他研读《老子》，以通透、平和的心态为现代人提供生活的帮助以及处世的方法论。例如，王蒙认为我们若是能集中自己

---

① 王蒙．天地人生：中华传统文化十章．南京：江苏人民出版社，2022：32．

的时间和精力，全力做好一两件事情，而且长期坚持不懈，那么一般都能做出成绩。可惜的是多少人一辈子虚度光阴，浪费了大好青春年华，最终一事无成，浑浑噩噩地度过一生。王蒙读《庄子》时，惊叹于其瑰丽的想象力，于是先在形式上借鉴模仿，再施之于文学创作中，小说《蝴蝶》《逍遥游》皆深烙《庄子》的印痕。王蒙发现庄子总能一把抓住问题的制高点和核心问题，并讲求逻辑，善于发现内在道理和解决问题的方法。这一点对于我们每个人都有启发。

《老子》《庄子》后，王蒙又读孔孟。他说："中华文化传统的形成离不开孔子，离不开儒学，离不开与儒学共生互争互补的先秦诸子百家以及数千年来没有停止过的对于儒学的陈陈相因、时有闪光的解读和争论……中华传统文化的格局奠定于东周时期，兹后两千多年，到鸦片战争发生，没有根本性的变化。"[1]这是王蒙对中国古代传统社会的基本认识和判断，中华优秀传统文化传承延续了几千年，依然拥有旺盛的生命力，必然有其缘由。王蒙对《论语》有自己的解释，能把握其主导思想，将其提高到治国理念的高度，并进行分析解释，值得我们学习。王蒙读《孟子》，先在作品风格上将其与《论语》进行对比，他认为孔子讲话让人听着舒服，孟子的不妥协性、尖锐性与彻底

---

[1] 王蒙. 天下归仁：王蒙说《论语》. 北京：北京联合出版公司，2015：1-2.

性则令人振聋发聩。王蒙认为孟子讲"义",便是指讲大道理。"用今天的话来说就是不能用原则做交易,小道理必须服从大道理。"这些皆有独到见解。

其实,读王蒙还涉及方方面面,远不是几篇文章、几本书就能说完的。我们今天读王蒙,就是要学习他思考问题、解决问题的方法,并依循自身的兴趣爱好来拓展认知,以自己的方式方法在当下社会生活中拓展出属于自己的道路。

【我来品说】

> 1. 通过上文的阅读,谈一谈你认为王蒙对共和国文学有哪些贡献。
> 2. 你读过王蒙哪些作品?影响最深的是哪部?你觉得应该从哪些方面学习王蒙?

第一章 辗转他方皆有情

> **导读**
>
> 王蒙出生于北京沙滩,原籍河北沧州南皮。王蒙对于南皮的故乡情结浓郁深厚,他用地道的乡音说"俺是龙堂儿的"。王蒙在北京长大,其童年生活是怎样的?1963年,王蒙举家迁往新疆,一去16载,这又对王蒙产生了怎样的影响?本章将带你探寻对王蒙的一生影响至深的三个地方——河北、北京、新疆。

第一章
辗转他方皆有情

"俺是龙堂儿的"

南皮位于河北东南部，是沧州境内最早被载入史籍的城邑。南皮历史悠久，其名始于春秋，据宋代地理书《太平寰宇记》载，当时北方少数民族山戎攻打燕国，齐桓公北伐救燕，在此地筑城制皮革，遂称皮城，又因在该城以北有一座城叫"北皮亭"，所以后人称此城为"南皮"。南皮自魏晋以来到近代民国，建制多有改换，在新中国成立后仍在变革。物换星移，南皮人才辈出，晚清最为人熟知的名人就是与曾国藩、李鸿章、左宗棠并称"晚清中兴四大名臣"的张之洞，人称张南皮。其堂兄张之万也蜚声于当时。正如《光绪南皮县志》所称，尽管南皮是个不起眼的小地方，但是不乏有才华之人。

1934年10月15日，即甲戌年农历九月初八傍晚时分，一个婴儿在北京沙滩呱呱坠地。此时，他的父母都还是学生，年轻的父亲王锦第正在研讨哲学问题，父亲的同学何其芳依据自身所学，说："给你儿子取名阿蒙吧！"何其芳熟读法国文学经典，对小仲马的著作《茶花女》情有独钟，书中男主人公的名字就叫阿蒙[1]。王锦第对这种洋气的提法很是中意,只是北方人不像南方人那样将孩子称作"阿华""阿昌",就决定起单名一个"蒙"字。

王蒙曾说,与父亲同宿舍的除了何其芳,还有后来著名的文学家李长之。李长之曾经给王蒙的姐姐起名为王洒,语出意大利文艺复兴时期著名画家达·芬奇的名画《蒙娜丽莎》(Mona Lisa)的"sa"音。因此,给王蒙起名字的任务自然就落到了何其芳身上。何其芳后来成为著名的文学家、诗人,也与王蒙日后在文学上的成就暗暗相应,不能不说是缘分。[2]

尽管生在北京,但王蒙却认真地每次都强调自己是河北省沧州市(原地区)南皮县潞灌乡龙堂村人,并乐于用地道憨鲁的龙堂乡音说:"俺是龙堂儿的。"大约一两岁的时候,王蒙被

---

[1] 今多译为"阿尔芒"。
[2] 方蕤.凡生琐记:我与王蒙先生.北京:北京联合出版公司,2015:25.

父母带回老家,这也成为他对故乡的最初记忆。

王蒙对家世的追寻一直未曾停止。很晚他才知道,祖父名叫王章峰,曾参加过公车上书,组织过"天足会",提倡妇女不缠足,属于康梁的"改革派"。许多年后,王蒙去龙堂的时候,经乡亲们告知才晓得,自家原是孟村回族自治县人。后来因家中连续死人,为换风水才来到了潞灌。

1984年,王蒙长大后再次回到故乡,从南皮到潞灌,再到龙堂,放眼望去满眼白花花的贫瘠碱地。前来接待的乡干部衣服上的补丁盖不上窟窿,村里房屋东倒西歪,让王蒙不禁思考中华民族几千年来多数人的生活状态。其实,这种生活状态正是奠定了多数人性格的基石。当时,当地有一名贫苦农民因为哥哥盗窃牛而被判刑一事对王蒙纠缠不已,他相信通过王蒙的"权力"可以使其哥哥获释,也可以解决他的工作岗位问题,从而摆脱生活困境。面对如此窘境,王蒙一筹莫展。他拼命解释,换来的却是无奈与空白。

2005年春节,王蒙与在京的亲属再访龙堂,此时的龙堂已经面貌一新。曾经的盐碱地已经不见碱渍,随处可见塑料大棚的种植景象;乡亲们的衣着有了彻底改变,可以见到时兴的皮夹克;乡镇企业也兴旺发达。王蒙以历史的眼光看到了故乡旧貌换新颜。但是,不曾了解故乡旧貌的侄子们,看到村子里道路泥泞,农民家里家具极差,就满腹疑问地私下问道:"怎么这

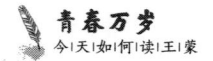

样落后，改革开放在这里没有成果？"

故乡在王蒙的记忆中既有贫穷落后，也满含乡韵情致，那里有最具代表性的质朴民谣、戏曲，令人难以忘却。因此，王蒙一有机会就表明，他最爱听的戏曲品种是"大放悲声"、苍凉寂寞的河北梆子。多年以后，王蒙的记忆里还有故乡的稀粥咸菜，传递着伤感的温馨和童年的记忆。

这个温暖与凄冷交织的故乡，恰成了一个矛盾体。王蒙不想回避故乡这个根，"我必须正视和抓住这个根，它既亲切又痛苦，既沉重又庄严，它是我的出发点、我的背景、我的许多选择与衡量的依据，它，我要说，也是我的原罪、我的隐痛。我为之同情也为之扼腕：我们的家乡人，我们的先人，尤其是我的父母"[1]。

【经典品读】

《我爱喝稀粥》片段

粥喝得多、喝得久了，自然也就有了感情。粥好消化，一有病就想喝粥，特别是大米粥。新鲜的大米的香味似乎意味着一种疗养，一种悠闲，一种软弱中的平静，一

---

[1] 王蒙. 半生多事. 北京：人民文学出版社，2014：1.

种心平气和的对于恢复健康的期待和信心。新鲜的米粥的香味似乎意味着对于病弱的肠胃的抚慰和温存。干脆说，大米粥本身就传递着一种伤感的温馨，一种童年的回忆，一种对于人类幼小和软弱的理解和同情，一种和平及与世无争的善良退让。大米粥还是一种药，能去瘟毒、补元气、舒肝养脾、安神止惊、防风败火、寡欲清心。大鱼大肉大虾大蛋糕大曲老窖都有令人起腻、令人吃不消的时候，然而大米粥经得住考验而永存。

——王蒙《我爱喝稀粥》

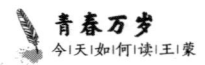

我的记忆里没有童年

王蒙出生的年代兵荒马乱,匮乏与苦难充盈着日常,更由于太早地关切政治,他曾声称自己没有童年。但是,北京是他童年的主要生活之地,从五六岁到十几岁,王蒙并不乏快乐与依恋。

王蒙在北京有过多次搬家的经历。他幼年曾住在北京后海附近的大翔凤胡同,之后家境每况愈下,搬进北京西四北南魏儿胡同14号,随后住的地方有西城报子胡同、受壁胡同,以及令他印象深刻的小绒线胡同。① 这些地址都与胡同有关。胡同是老北京的特色,也是北京的一大标志。王蒙曾经在《小绒线胡同》一文中提到:"小绒线胡同确实是一条小胡同,倒不是说它有多么窄,比它窄的胡同——如养蜂夹道、百花深处……有的是。小绒线胡同,作为一条东西向的胡同却只有西口而没有东口。他的东口是裤裆里放屁两叉里走,一头伸入报子胡同,一

---

① 王蒙. 小绒线胡同 // 白烨,雷达. 无处徜徉. 长春:时代文艺出版社,1996:444.

头伸进帅府胡同。从东面西四北大街来看，是没有小绒线胡同的踪影的，只有西面的北沟沿才有小绒线胡同。"北京胡同反映出当时人们的一种生活状态，里面还常有唱着卖东西的小贩走过，春夏秋冬都吆喝得有滋有味。

早在元代便已经出现"胡同"一词，主要出现在当时的元杂剧中。如关汉卿《单刀会》中有"杀出一条血胡同来"，《沙门岛张生煮海》中有梅香说"我家住砖塔儿胡同"的说法。据语言学家们考证，汉语中并没有"胡同"一词，该说法应该是来自蒙古语。从元到清以来，"胡同"的写法也多达十余种，如衚衕、衖通、火弄、忽洞、火衖等，最终演变为胡同，可能是因为书写方便的缘故。

著名作家汪曾祺概括说："胡同和四合院是一体。胡同两边是若干四合院连接起来的。胡同、四合院，是北京市民的居住方式，也是北京市民的文化形态。"这形象地概括出了北京胡同的文化特点。胡同的名字通俗易懂，多是当地居民自发命名，口语化明显，如罐儿胡同、笤帚胡同等。许多用来给胡同命名的建筑物和人都不在了，但胡同的名字依旧沿用至今。

儿时的王蒙喜欢和同学一起到阜成门玩。20世纪40年代初的北京处于被日本占领的沦陷状态，门口有站岗的日本兵，过往的老百姓需要向其鞠躬。一出城门，满眼翠色，充满大自然的生机。他也喜欢从西城区的家中朝太平仓（今平安里）走，经厂桥、东官桥直到北海后门，途径几家高档四合院，门上写着富有传统意韵的对联。太平仓的胡同拐来拐去，走在这样的胡同里，可说是一种享受。进入北海后门，听到水闸下落的声音，感受清爽。他也喜欢夏夜的北京，在院落和胡同里乘凉，听姐姐背杜牧"天阶夜色凉如水"的唐诗，看款款飞着的萤火虫，想起二姨讲过的有关萤火虫的动人故事。夏天养蝈蝈也是王蒙喜欢的，错落有致的蝈蝈笼与故宫的角楼有些相似，喂蝈蝈可以用黄瓜、西瓜皮和南瓜花，蝈蝈的鸣叫令他兴致满怀。令王蒙难以忘怀的还有北京的国槐，他家所在的小绒线胡同27号往东一拐就是一棵大槐树，这些记忆不知不觉地渗透进他后来的写作中，《组织部来了个年轻人》就写到了槐花，说槐花是平凡的小白花，比牡丹清雅，比桃李浓馥。

童年的时光成为王蒙一生难以忘却的记忆，沧海桑田，往事不能重现，都在内心珍藏。这一段属于王蒙的私人时光，却也折射出他在现实中的困顿与无奈，而现实的无奈情状正源自父母和家庭。

王蒙的父亲王锦第从北京大学毕业之后，就到日本东京帝国大学读教育系。毕业回国后的他春风得意，做到了市立高级商业学校校长,迅疾租了后海附近的一套院落。但是,好景不长,王锦第很快被撤职。他是家里经济收入的主要来源,他的工作职位一再下降,全家人的生活水平也就不断下降,最终搬到了简陋的住所。而王锦第喜欢喝茶、喝咖啡,崇拜科学,哪怕在全家断粮的情况下,他也想着去买有科技含量的温度计和湿度计。

图为王蒙(前排左)与父亲(后排中)、姐姐、堂姐等合影。

王蒙的母亲生于1912年,本名董玉兰,后改为董毓兰,在新中国成立后参加工作时正式更名为董敏。母亲上过大学预科,曾长期做小学教师。她敢说话,敢冲敢撞。她读过冰心、巴金、张恨水、徐志摩的著作。新思想给她带来的不是希望,而是痛苦:为什么别人能过那样的人生,而我就不行?王蒙父母的婚姻属于包办婚姻,王蒙的母亲一直认为这是一个错误。尤其当家庭困顿时,在涉及生活及钱财的问题上,夫妻双方的矛盾愈

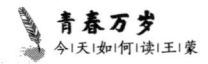

发激烈,其中一些经历被王蒙写进了小说《活动变人形》中。父亲喜欢花钱,却拒绝考虑挣钱与还债的问题,他对于家庭的财政支撑是即兴式、灵感式的,后果是常常需要面对吃了上顿没有下顿的妻儿。

在晚年所写的自传《半生多事》中,王蒙曾自我剖析,借用作家张宇的话慨叹道:"你想找农民吗?不一定非得去农村,你所在的大学、研究所、领导机关、外事俱乐部……哪里不是农民?哪个教授,哪个艺人,哪个长官,哪个老板不是农民?"[1]王蒙深爱自己的父母,却还要诚实庄严地写下这些真相,因为王蒙认为这是从旧时代到新中国,中国人的生活状态。他"愿承担一切此岸的与彼岸的,人间的与道义的,阴间的与历史的责任"[2]。

王蒙认为,他父亲一生最大的功绩是走出农村。从贫穷的农村中走出来,前往现代都市,是许许多多农民的夙愿和追求,但他们却无法摆脱根植于农村的生命根基。贫穷落后的河北南皮农村,恰也成了王蒙一生的生命根基。南皮是中国农村的一个缩影,那里的农民也是中国农民的一个缩影。不过王蒙并没有将河北南皮作为自己生命的唯一寄居之所,命运和时事使然,他又找到了自己的第二故乡——新疆。

---

[1] 王蒙. 半生多事. 北京:人民文学出版社,2014:14.
[2] 同[1].

新疆是我的第二故乡

在王蒙一生的文学创作中,影响至深的除了河北南皮、北京,第三个地方就是新疆。

1956年,王蒙因发表《组织部来了个年轻人》在文坛上崭露头角。小说讲述了男主人公林震在入职组织部后发现自己认知的工作与实际生活格格不入,决心做出反抗,最后遭到上级批评的故事。王蒙在这篇小说中对现实官僚主义进行了一定程度的批判,但他自己也因此遭到批判而被开除党籍,并被错划为"右派分子",最终被下放到农场改造。此时的王蒙不能写作,苦闷心境可想而知。1962年,在文联任职的王蒙应邀参加西山读书会,在畅听了大家所聊的各地风情后,他对边陲心驰神往。随后,他又与新疆文联的负责人沟通,最终下定决心前往新疆,去体验边陲、民族和文化,去读读生活。

说走就走。1963年12月下旬,王蒙携妻带子,乘坐火车,一路领略着祖国的大好山河,前往新疆。他到达新疆后被安置在乌鲁木齐《新疆文学》杂志社担任编辑。整风运动兴起后,

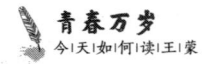

自治区文联出于对王蒙的保护，安排其前往伊犁劳动锻炼。这恰恰成为王蒙文学上新创作的转折点和契机。正如学者温奉桥所言："新疆对于王蒙是一个情感和心灵的'原点'，也是一个重新的出发点。"

决然来到伊犁，王蒙立即扎根农村劳动，成了一名地道的农民，进一步加深了对边疆底层劳动人民的认知。他拼命地学习维吾尔语，其标准程度让邻居老太太听后误认为这是广播。多年以后，王蒙接受记者采访，回忆那段经历时说："说到我跟维吾尔族朋友的感情，那还真得从语言开始。我到伊犁农村劳动锻炼，完全和维吾尔族人民打成一片。同吃、同住、同劳动，赶上'文革'了，大家天天念《毛主席语录》，我就干脆背维吾尔文版《毛主席语录》。"维吾尔语开启了王蒙认知这个世界的另一扇窗户。

16年的新疆生活经历，使王蒙的写作脱胎换骨。他来到新疆后开始关注底层普通人的生活，除了许多反映新疆普通人物的作品之外，历时四年创作了《这边风景》，这部70万字的小说在2013年出版后，取得了巨大的反响。

"文革"结束后，王蒙的历史问题也得以改正。1979年6月14日，王蒙离开生活了近16年的新疆，回到北京，开启了文学创作的另一个高峰。多年后他在接受《光明日报》记者采访时说："新疆是我的第二故乡，新疆是我的人生的纪念，新疆是我的快乐与坚毅的源泉。永忆新疆，何悲白发，宽宏天地，情满神州。新疆，请接受我永远的祝福！"[1]

【我来品说】

> 1. 通过本章阅读，你认为王蒙和与他有关联的三个地方有哪些具体联系？他对这三个地方有哪些不一样的情感？这对他后来产生了怎样的影响？
> 2. 结合你自身的情况，谈谈你对家乡的印象，说说故乡对你产生了什么样的影响。

---

[1] 吴娜."我天天想着新疆！"：《你好，新疆》作者王蒙访谈．光明日报，2011-04-26（13）．

第二章 时代记忆的季节

> **导读**
>
> 王蒙的小学是在北京师范学校附小读的,他的小学、中学经历对他的首部长篇小说《青春万岁》产生了怎样的影响?在这个青春记忆时节,我们又该如何回味那段激情岁月? 1949年到1951年的中国,被王蒙称为"爱情的自由王国"。在《恋爱的季节》里,有哪些令人回味的情状?《失态的季节》《踌躇的季节》和《狂欢的季节》构成了王蒙的"季节"系列,这些都成为回顾过往岁月的时代记忆,既是王蒙的,又是时代的。

第二章 时代记忆的季节

留下青春无悔

王蒙从少年到青年，经历了国家翻天覆地的历史变化。在亲历了社会日常的巨变，目睹了红旗与秧歌、腰鼓与赞歌之后，他曾陷入思考，并产生了一种历史使命感，想要去记录这段青年心史。

1948 年，还是高中生的王蒙果断加入中国共产党，满怀激情地拥抱革命年代。在热血燃烧的岁月里，他又于 1949 年 3 月调入团市委，当时他不满 15 岁，工作后发现自己还只是一个心浮气躁的孩子。1950 年 5 月，作为中央团校第二期毕业的学员，王蒙回到北京团市委，后来担任组织部的负责人。当时，王蒙与一帮充满阳光的青年骨干，享受着革命、胜利、荣耀和青春，也享受着新中国成立带来的幸福。他积极主动地组织报告、文艺演出和联欢。

出于对文学的热爱，王蒙在童年和青少年时期一直读书，从章回小说《崆峒剑侠传》《峨眉剑侠传》《小五义》，到现代作家鲁迅、冰心、巴金、老舍、丁玲的著作，都一一涉猎。生活

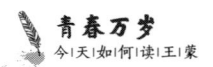

是最大的学问，王蒙时时回味儿时的生活记忆，这也时不时成为他创作的源泉。

他还深受安东诺夫《第一个职务》的影响，打算去报考大学学习建筑，在工地上奉献自己的青春和热血。他不想庸庸碌碌地生活，也不愿踏步不前、照本宣科，为了前进，他甚至找来了高中课本，打算自学，结果遭到了当时领导的断然拒绝。①

于是王蒙将自己的理想寄托于文学。许多作家如诗如歌的文字令他感动不已，在作品中，作家可以进行创造、设计，具备个性、激情，彰显永恒。王蒙一想到这些便感觉激动不已，于是，按捺不住的创作激情如离弦之箭般一发不可收，写一部长篇小说的想法像火花一样闪起，令他满心向往。

文学让王蒙找到了心灵寄居之所。多年以后，王蒙曾总结《青春万岁》受欢迎的原因，说首先是因为文笔，他自小喜欢作文，在遣词造句上与众不同；其次，是他有独一无二的少年革命生活，基于自身的敏感、激情写作，站得高，有经验，更成熟。因此，当时王蒙认定自己可以写出一部独一无二的小说。

王蒙想写从旧社会进入新社会，从少年时期进入青年时期，以政治活动、社会活动为主导开始的大规模、有计划的经济建

---

① 王蒙. 半生多事. 北京：人民文学出版社，2014：132.

设;想写从黑暗到光明,从被束缚到自由,从卑微到有尊严,从童真到青春;想写睁开眼睛看偌大的世界怎样展现在中国青年的面前;想写从欢呼到行动,歌唱新中国、金色的日子和永远的青春。他还想写年轻人辨不清、写不出,年纪大的人又已经历过的少年意气、敏感、梦幻、豪情、追求与发现,人生第一次的政治抉择、艺术感受、爱情觉醒、义愤填膺、忧愁与苦恼、精神风暴……这些都成了《青春万岁》的主题。[1]

《青春万岁》是王蒙的首部长篇小说,动笔时王蒙19岁。小说描写了1952年北京女二中(今北京市东直门中学)一群高三学生的学习、生活,赞美了她们不断探索的精神、昂扬向上的斗志、如诗似歌的青春热情,同时也探讨了当时学生中普遍存在的矛盾和问题。作品主要描写了郑波、杨蔷云等学生党员对一些生活困难、思想落后的女学生——如在天主教会"仁慈堂"中长大的孤儿呼玛丽、出身资本家家庭的二小姐苏宁、一心想当科学家却对集体和他人缺乏热情的李春等人的热心帮助,使她们最终都能融入学校这一大家庭,共同进步,展现了新中国成立之初,中学生之间互帮互助的良好氛围和很高的思想觉悟。同时作品中也穿插描写了郑波和杨蔷云努力改正自己的缺

---

[1] 王蒙. 半生多事. 北京:人民文学出版社,2014:133-134.

点、提高学习成绩,以及郑波与田林、杨蔷云与张世群之间不成熟的、朦胧的爱情故事。

因为有痛,所以要叫青春;因为青春有梦,所以我们在追寻。千万个梦,终归抵不上一次决然果断的行动。14岁就敢于退学当干部,18岁就敢于追求自己心爱的女孩,19岁就敢于提笔来写一部长篇小说,这正是王蒙的性格底色。

上来就要写一部长篇,这不能不说是一项极大的挑战。他深知写作并非易事,修改稿件有时更是一个令人无奈的过程,甚至令人心灰意懒。写作期间会调动起情感与记忆,让生活满含趣味,但同时写作也令生活千疮百孔,甚至一无是处。

勇于承担也就意味着勇于放弃。最难处理的问题之一是如何协调写作与工作和生活之间的关系。为了写作,王蒙放弃了许多实实在在的生活与快乐。他拿起笔来面壁沉思,疏离于实际与群体。每到周末晚上,同事、朋友参加露天舞会的时候,王蒙只能忍受孤独。可以想象,不到20岁的王蒙具有多大的自制力与毅力。

如果说长篇写作是基于个人才华的技术性工作,那么对技术性工作的体悟绝不仅仅体现于写作本身。王蒙喜欢数学,自小就痴迷于对"鸡兔同笼""和尚挑水"等问题的解答,直到晚年他依旧对这种逻辑分析乐此不疲。基于这种分析习惯,在写作《青春万岁》期间,他曾不止一遍地阅读苏联著名作家法捷耶夫的《青年近卫军》,并画出其结构图,他一直想弄清楚作者是怎样建构他的鸿篇巨制,写出那么多人物的。

即便在今天,王蒙的这种方法依然值得学习。很多人写长篇小说,往往忽视作品的结构,殊不知结构是作品创作不可或缺的一部分,且是非常重要的一部分。从王蒙对文学作品结构的重视,可以清楚地看到他在有目的地追求什么。胜利女神开始向他靠近。

功夫不负有心人,最终王蒙窥到了长篇小说写作的门径。说起来,这与王蒙的音乐素养有关。王蒙看过许多苏联艺术家的演出。有一天,他去南池子中苏友协听新唱片的音乐会,是肖斯塔科维奇的一部新交响乐,他突然发现,这就是结构,这就是组织长篇小说的法门。"第一主题,小提琴和双簧管,第二主题,大提琴和大号,变奏,和声,不谐和音,突如其来的天外绝响,打击乐开始发疯,欢快的小鼓,独奏,游离和回归,衔接和中断,遥相呼应和渐行渐远,淡出,重振雄风,威严与震颤……"[1]王蒙猛然领悟,知道自己应该怎么写长篇小说了!

在接下来的将近一年里,这部20余万字的《青春万岁》初

---

[1] 王蒙. 半生多事. 北京:人民文学出版社,2014:140.

稿就完成了。整个写作过程用"千辛万苦"来形容丝毫不为过。王蒙多年后回忆时说，在写作最后的几周里，他感到头昏脑胀，眼冒金星，四肢乏力，自己全无把握。因为怕初稿丢失，他还把很大一部分稿子抄到了大笔记本上，并委托妹妹以及一位同事来完成此事。

在根据出版社的意见修改《青春万岁》期间，他常常住在郊外的父亲那里，并逐渐找到了感觉——如何前后衔接，如何变化。他感觉到这与交响乐异曲同工，妙不可言。然而，这部长篇作品在1956年修改定稿后，并没有立即出版。其间，《组织部来了个年轻人》写了出来，结果《青春万岁》因为《组织部来了个年轻人》而被尘封，直到1979年才出书，那时王蒙已然年近45岁。

《青春万岁》的出版有诸多故事可回味。1978年，王蒙与人民文学出版社社长韦君宜见面，她除了问询王蒙的改正错划问题和调回北京问题，还提出《青春万岁》可以考虑马上出版。同时她还建议，因为是旧稿，可以请萧殷写个序言。当时因萧殷身体不好无法动笔而作罢，最后改为由王蒙写了后记。王蒙写完后就返回了乌鲁木齐。

就在王蒙于乌鲁木齐迎接新年之际，《光明日报》副刊刊登了那篇后记，并将报纸寄到乌鲁木齐。王蒙此时顿感人生快意，从 1953 年开始写作，到 1979 年，整整 26 年，这部小说终于见到天日。1979 年 5 月，人民文学出版社出版了《青春万岁》，首印 17 万册。

处于抉择状态的王蒙想必最为苦闷，然而多年以后他在回答法国《解放报》记者提问"你为什么写作"时说，"因为生命太短促，而且美丽"。这是近 30 年后的感言，是面对易逝韶华，回望当年写作的拼搏而说出的总结性的话。在当时，那股决绝的拼搏劲头，更多的是出于热爱。王蒙相信自己那一代是不同寻常的，他们过早扛起了革命的重任，年少时就品尝了人生和历史的百味，自己不去书写，谁去书写？这一切都是历史的安排。

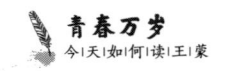

回望历史的季节

如果说长篇小说《青春万岁》是王蒙用热血和青春写就的激情乐章，那么，"季节"系列就是王蒙自新中国成立以来的时代沉思笔录。对与自己生平相连共进的时代，依据个人的亲身经历去书写才最具说服力。除开王蒙个人的天赋才华，还有他的努力，以及他对时代、对中国文化问题的深层次思考。

如前所述，王蒙以"季节"命名的长篇小说有四部，即《恋爱的季节》《失态的季节》《踌躇的季节》《狂欢的季节》，此外《活动变人形》可以看作"季节"的前章，《青狐》可以视为"季节"系列的续篇，前后历经60年的变迁。王蒙从亲历的时代走来，他少年成名，后被错划为"右派分子"，随后远赴新疆，"文革"后改正错划，一度成为中央委员，后又任文化部部长。这六部小说饱含着他自己的体悟和感触，也反映了那个时代的历史变迁。

"文革"结束之后，知识分子问题得以解决，作家们也发出了心声，兴奋之情溢于言表。王蒙也不例外，写了诸多自己的兴奋与感慨。此时王蒙还保持了一分冷静,他一直保持着谦虚谨慎,不过生活的困境却让其苦于奔波。1983年秋,王蒙的二儿子王石在被分配到空军第五研究所后犯了抑郁症,王蒙束手无策,只能一次又一次地跑医院,找大夫、挂号。其间,王蒙反思,是否自己在孩子童年时代没有尽心尽力地照顾好他。次年,王蒙带着儿子前往武汉排解心情,入住武汉东湖宾馆。他每天在东湖旁边的林荫道散步,突然一个想法跃入脑海:应该以自己的童年经验为基础写一部长篇小说。"感谢时代,我终于从'文革'结束,世道大变的激动中渐渐冷静了下来。我不能老是靠历史大兴奋度日。当兴奋渐渐褪色的时候,真正的刻骨铭心才会开始显现出来"[1]。王蒙开始追寻,他下定决心写就更遥远的过往、更痛苦的隐藏以及更无奈的来历。整个1984年都让人难忘,王蒙一边照顾儿子,一边开始写《活动变人形》。其间,他回到了故乡沧州,那是他长大后第一次回去。他去了南皮县潞灌乡龙堂村,在这里翻阅当地县志,找到了父亲与伯父的名字,听了一曲河北梆子,备感苍凉。这次经历一直提醒王蒙,不要忘记自己本来就是农村的土孩子,也不要忘记中国的农村。

1985年,王蒙全力写作《活动变人形》,这也成为其最关

---

[1] 王蒙. 大块文章. 北京:人民文学出版社,2014:256.

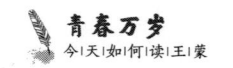

心和最动情的事情。这是他自1953年后时隔32年写的第二部长篇小说。人们总是依靠记忆存活，但是，记忆可靠吗？对于童年的记忆中被日本占领的沦陷区，王蒙该怎样去书写？这也成为王蒙一直苦闷的地方：童年的资料太少，断续成篇都难。于是，他到北京图书馆（今国家图书馆）查阅当年的旧报刊，在时代的记录下，穿梭时空，逆行过往，进行着一次又一次的历史回望。

北京门头沟永定乡有一个西峰寺，在20世纪80年代，寺庙失修，荒芜破败。王蒙住进了庙宇正殿旁边的一间小土屋，开始了为期一个多星期的孤独写作。天尚冷，饭已备，炉尚温，笔已具，王蒙文思泉涌，奋笔疾书，一天能写一万五千字，悲喜倾注笔间，欲罢不能，欲哭欲诉，顿足长叹。他完全沉浸于这部小说的角色中，他在疯狂体验，他体验到了前所未有的痛苦！

就这样，《活动变人形》的初稿完成了。当年夏天，王蒙又前往大连，在沈阳部队的疗养院为其定稿。从大连回京后，他本想将小说命名为《空屋》或《报应》，却都因不贴切而放弃，最终将其命名为《活动变人形》——源自王蒙幼时玩的日本玩具的名称。[1]

---

[1] 王蒙. 大块文章. 北京：人民文学出版社，2014：288-289.

第二章
时代记忆的季节

《活动变人形》于1987年在人民文学出版社出版，其时王蒙已经就任文化部部长，这部小说成为他最具影响力的作品之一。

《活动变人形》一书讲述了20世纪40年代初，留学归来的倪吾诚和妻子姜静宜格格不入，整日里吵嘴、打架，岳母和大姨子也从旁给妻子出谋划策，火上浇油，闹得家中鸡犬不宁，上演了一幕幕婚变、自杀、出走的闹剧和悲剧。姜静宜是乡下地主的女儿，上过两年学堂，但中学没毕业就嫁给了倪吾诚，一心只想着多生孩子，节俭持家，从来不懂得什么是浪漫；妻姐姜静珍，嫁出去没两年，男人就死了，立誓守寡，绝不再嫁，自己不顺意，也见不得别人好；岳母姜赵氏，同样是老伴去世，寡居在家，一副旧式地主婆做派，还时不时要耍一耍家长的威风。这些在倪吾诚眼里，是绝不能容忍的，而更令他不能容忍的是，她们与生俱来的"恶习"竟然要传给下一代，传给他的一双儿女——倪藻和倪萍。于是家庭战争一次次地上演了。

王蒙不止一次声称自己有一种使命，即将自己亲闻亲见的新中国记录下来，将他那一代的青年人尤其是青年知识分子的心路历程表现出来。作家面对世事变幻，有所感有所思，兴尽悲来，不胜唏嘘。而"季节"系列小说，无疑具有强烈的个人自传色彩。一年四季，物换星移，俗称"春生、夏长、秋收、冬藏"。王蒙用"季节"命名，借以划分30年的历史沧桑、政教兴衰以及相关人物的荣辱与浮沉。[①]

从1953年的第一部长篇小说《青春万岁》，到1985年的《活动变人形》，再到1991年开始撰写的《恋爱的季节》，同样是青春，《恋爱的季节》与《青春万岁》有何关联？有何不同？如果说《青春万岁》是年轻时的王蒙写自己当时的体验，那么《恋爱的季节》就是王蒙以近40年后的接近花甲之龄，回味与反思当年的生活状态。如果说《青春万岁》满怀激情与冲动，那么《恋爱的季节》则充满了沉思与反思、冷静与克制，激情不再，只剩唏嘘。

《恋爱的季节》是王蒙"季节"系列长篇小说的第一部，讲的是新中国成立初期北京市一个区团委里一群年轻人的故事。他们是一群"少年布尔什维克"，其中有热烈浪漫的周碧云、能言善辩的赵林、聪明宽厚的祝正鸿、善良诚实的束玫香、敏感多思的钱文等。他们是一群刚参加革命工作的学生干部，热情、单纯，对党虔诚而又有些幼稚。小说写的是他们的爱情生活和

---

① 何西来. 评王蒙的《季节》四部. 文艺研究，2001（4）.

第二章
时代记忆的季节

政治生活，他们的人生充满朝气，心灵晶莹剔透，到了青春萌动的时节，他们试图向异性靠近、试探，并逐步走向恋爱，但他们的爱情生活却有着政治的印记，不乏曲折与烦恼。

王蒙从1991年开始写这部《恋爱的季节》。当时作家余华曾经数次到王蒙家里小坐，他对小说中身材高大的周碧云与个头矮小的诗人满莎忽然恋爱，并一下子将其抱到怀里欣赏不已，但是他无法接受革命高潮时凯歌阵阵中的粗鄙与简明——其实王蒙想表达的就是革命使人生与社会简明化。①

写完《恋爱的季节》，王蒙紧接着就开始创作"季节"系列第二部《失态的季节》，全书的时间从1958年始，到1961年止，是《恋爱的季节》的延续。在这里钱文与东菊已经结婚。钱文与东菊之间的恋爱，就是从《恋爱的季节》的结束时间1952年开始，直到1958年。如果说在《恋爱的季节》中钱文与东菊间的爱情充满了热情，那么在《失态的季节》里，两人就只剩下贫贱夫妻的辛酸。

《失态的季节》是王蒙"季节"系列长篇小说的第二部，讲

---

① 王蒙. 九命七羊. 北京：人民文学出版社，2014：125-126.

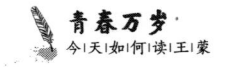

的是从反右派斗争结束到三年困难时期的故事，故事的背景和人物仍是《恋爱的季节》中的背景和人物。在突如其来的反右派斗争中，钱文、郑仿、萧连甲因为一些小事，被错划为"右派分子"。作者刻画了他们各种各样的"失态情形"：人与人之间互相揭发，投机自保，作践自己的尊严，也践踏别人的尊严，可是这些都是在一派虔诚的面孔下进行的。作者对"右派分子"的生活进行了充满理性和反思色彩的全面观照与审视，对知识分子内在的精神世界进行了自审。

现实中，王蒙因为《组织部来了个年轻人》一文而被错划为"右派分子"。该文在《人民文学》杂志上发表，随后在全国引起了热烈的讨论。时值全国反官僚主义作风盛行，称赞该文的人很多，但猛烈批判的人也不在少数。后来，王蒙接受安排去京郊门头沟区斋堂公社军响乡桑峪村劳动。1962年9月，王蒙被分配到北京师范学院中文系做教师。后来曾负责《小说选刊》的冯三立、文学期刊《当代》的汪兆骞等人都是他的学生，几人之后在生活和工作中也有不少交集。

失态不仅仅是历史的失态，还有人物的失态。王蒙在反思历史，也在反思人类。人类难以超越人性的局限，更摆脱不了历史的限制。但是，在这个失态的季节里，已经和王蒙确认关

第二章 时代记忆的季节

系的崔瑞芳一如既往地爱着王蒙,用自己的勇敢坚守着世间宝贵的信任与爱情。王蒙用冷静的目光看着这个失态的季节,小心翼翼地过完这个失态的季节,向前走进踌躇。

长篇小说《踌躇的季节》紧接着《失态的季节》,始于1962年,终于1963年。主人公钱文面对短暂的回暖时光,踌躇不前。生活中既有温馨,又有对于未来的犹豫。

《踌躇的季节》是王蒙"季节"系列长篇小说的第三部,讲的是1962年到1963年之间的故事,故事的背景和人物与前两部中的相同。小说用"踌躇"两字作为标题,展示在乍暖还寒的"小阳春"政治气候中,书中人物"踌躇不安"的心态,改正错划"右派分子"似乎给大家带来一线希望,从上一部中的"失态情形"回归到了正常,人们面对新生活,希望之火重新燃起,可重提阶级斗争又让人感到政治气候阴晴不定,给他们带来了迷茫与隐忧,人们或沉静或不安,或清醒或迷茫,陷入一种"踌躇"的状态。

王蒙曾说,1962年以后,至少是小家庭成员聚在一起了。自从家里添了儿子王石以后,每周六接儿子回家、每周日晚上送儿子回托儿所,便成为王蒙生活中的乐趣所在。1963年,学校给王蒙提供了一间宿舍，不久又调整到位于一楼的一处有两个开间的大屋子，而且是花砖地。房屋向阳，屋内阳光灿烂，人的心情自然也大好。但是，此时的王蒙"要革命，要写作，要一鸣惊人，要出杰作，要脱胎换骨，要活到老改造到老，要继续付出代价，代价尚未付清，王某仍须努力，能踏实得下来吗"[①]？回答是否定的。

最终，他锁定了远方——新疆。

《狂欢的季节》是以"季节"命名的最后一部，从钱文远赴新疆，到"文革"结束。针对特殊题材的写作，王蒙不仅把握着尺度，还掌握着力度。

《狂欢的季节》是王蒙"季节"系列长篇小说的第四部，讲的是"文革"期间发生的故事。钱文举家迁到一个边疆小城生活，直到"文革"结束才回来。而那些处在运动旋涡中的人，则遭受了不同的命运：曲风明饮恨自杀；刘小玲被活活打死；章婉婉经历了一系列的人生折腾，被明确为没有改造好的"右派分子"接受群众专政，竟然心平气和地与前夫复婚过起了小日子……作者生动地刻画了那个是非颠倒的年代，在书中写道："革命就是狂欢，串联就是旅游，批斗就是摇滚乐、霹雳舞""这

---

① 王蒙. 半生多事. 北京：人民文学出版社，2014：240.

是英雄主义与理想主义的狂欢,超前思维的狂欢,这是意志的狂欢,概念和语言的狂欢……人生说到底是什么?人生不过几十年,人生就是生命的一次狂欢……"

自此,到 2000 年,王蒙的"季节"系列画上了一个圆满的句号。那些曾经经历过那个时代的人,对王蒙的写作感同身受;对于那些不曾经历过的人,王蒙的写作更是一份历史记忆。对于王蒙自己而言,"季节"系列更像是一种宿命——完成对共和国的记录,追求自我,显示出舍我其谁的豪气。王蒙自己曾说:"从一九九一年到一九九九年,我一直在写'季节系列',我把它看作我的历史责任。在北戴河创作之家与威海东山宾馆,在德国与美国,香港与内地,在雕窝村的农家房舍,在凄风苦雨、春寒料峭、玫瑰阁楼与山脚海滨,我连续八年不忘从这个季节到那个季节,每天坐在电脑前哭哭笑笑,想想敲敲,摇摇摆摆,吁吁叹叹……仅仅每部季节的命名就花了我太多脑筋。每一部书都是写到三分之一到五分之二处才确定了题名,而一旦确定了题名,底下的书写就势如破竹起来。从纯小说的角度看它不无遗憾,然而,它是无可替代的,它还远远没有被挖掘和理解。"[1]

---

[1] 王蒙. 九命七羊. 北京:人民文学出版社,2014:387.

青狐有梦后季节

在2000年写完《狂欢的季节》之后，王蒙的"季节"系列就结束了，其后，长篇小说《青狐》应运而生。

如果说王蒙之前的"季节"系列主要是为共和国叙事的话，那么《青狐》则是以人物为中心的写作。相比之下，《青狐》更像小说，这部小说以女主人公卢倩姑的情感经历为线索，穿插了大量的性心理描写，以至于读者都发出了王蒙七十大谈性的感叹。其实，在中国古代早就有写男女之间关系的，只不过表达的方式不一样。中国古代第一部诗歌总集《诗经》里说："关关雎鸠，在河之洲。窈窕淑女，君子好逑。"这就是一种非常含蓄的写法。《红楼梦》中，贾瑞那种粗鄙的性冲动、贾宝玉与林黛玉那种心心相印的儿女情感……这些都是性描写的不同形式。王蒙不喜欢那种开放式的、挑逗式的欲望表现手法，而是想用性来折射一个时代的主题。

经历过反右派斗争和"文革"时代的女主人公卢倩姑40岁了，她不再像纯情少女一样懵懂。但是她依然对爱情充满热情和

第二章 时代记忆的季节

幻想，这无疑加剧了她面对残酷现实的失落，她失败接着失败，痛苦接着痛苦，洋相接着洋相，写到这里王蒙都感到心疼。[①] 这与卢倩姑的美貌和才华形成了一种落差。王蒙一直强调人本身的这种不平衡和不对称，这也正是社会发展带来的副产品。

换句话说，王蒙正是用一种隐蔽的方式来写20世纪80年代。在"季节"系列里，王蒙可以用正面的方式来阐释和描绘那个特殊岁月。经历过时代的阵痛后，全国的工作重心已经转移到经济建设上来了，然而人们面对市场经济带来的蓬勃欲望，其心理难道也转向了吗？王蒙熟知的正是文人圈、写作界，写出自己熟悉的东西才是重要的，因此他写了欲望，更重要的是还写了一位女性的欲望。如此而言，《青狐》堪称王蒙在文学写作上的一大突破，被称为"后季节"。

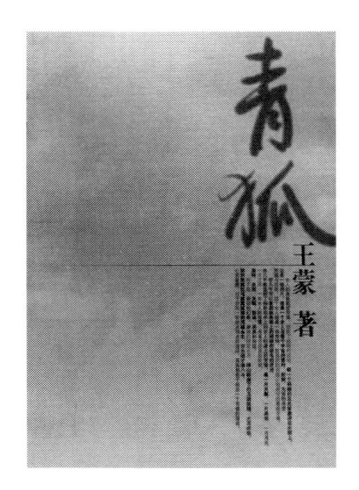

《青狐》是王蒙继《狂欢的季节》之后写的第七部长篇小说。这部小说在时段上延续了《狂欢的季节》。全书主要讲了一

[①] 王蒙. 谈话录. 北京：人民文学出版社，2014：166-169.

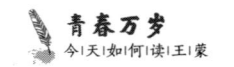

个出生于20世纪三四十年代的、拥有出众外貌的女性卢倩姑，她在"文革"时遭到侮辱，"文革"后把自己的爱情写进小说，39岁一夜成名，由此变成了著名作家青狐。青狐在事业上不断成长的过程也是其内心愈加孤独的过程。

青狐以满腔热情寻找爱情，却屡屡碰壁。她在高中时恋上了一个喜欢哲学的男生，但是在1957年的反右派斗争中，男生跳楼自杀。大二时，她又对辅导员一见钟情，结果在辅导员的诱骗下怀孕，事情败露，辅导员被送去劳教，从此杳无消息。"文革"期间，她嫁给了离过婚的小领导，婚后发现小领导处处拿她与前妻比较，稍不如意便大打出手。令她感到幸运的是小领导在冬天的疾病中猝死。她随之嫁给第二任丈夫小牛。生活的琐碎，让青狐对生活充满失望，此时大龄的她已然不能再度离婚，最后只得分居。十年后小牛在一场车祸中丧生。

成名后，她遇到了自己最钟情的杨巨艇，他们促膝畅谈人生与文学，但是杨早就有家室，二人不能有结果。于是青狐就把所有的压抑倾注于写作上，发表了大量作品。90年代以来，青狐突然觉得自己空虚异常，开始完全否定自己，最终转而潜心修炼气功。

在《青狐》这部小说里，我们较少看到王蒙自己的影子。王蒙于1978年调回北京后，担任北京市文学艺术界联合会专业作家及中国作家协会北京分会副主席。1986年任中国作家协会副主席，同年6月担任文化部部长，直到1989年离任。其间，王蒙创作不止。到2000年，王蒙再度回望所经历的80年代岁月，我们看到了王蒙对那个时代的观察以及思考，而这正是王蒙长篇小说依据的根基。王蒙在此基础上，求变、求文学的艺术性，这才有了《青狐》的出现。这里面既有王蒙在艺术追求上的努力，也夹杂有他为读者的些许考量。读王蒙，就是要去思考他为什么这样写，以及他所表达的到底是什么。

【我来品说】

> 1. 王蒙是怎样记录他所经历的历史的？结合作品的情况以及王蒙的自传，你认为哪些是真实的情况，哪些又是虚构的？
> 2. 访谈你的爷爷奶奶姥姥姥爷，让他们谈谈他们所经历的20世纪，聊聊他们的时代印象。
> 3. 对你自己而言，你想通过什么方式来记录你所处的时代？

第三章 且以诗酒赋华年

导读

众所周知，王蒙是中国当代文坛著名的作家。不过，他的小说的辉煌硕果掩盖了他作为诗人的身份。王蒙实际上也是一位诗人，这也是王蒙大量文学作品创作的灵魂与精髓所在。他的人生与诗歌是纠缠在一起的。他写诗、译诗，还对诗人和诗歌进行了大量的研究。今天我们去读王蒙，为什么绕不开"诗"呢？本章将从三个方面带你探寻作为一位诗人的王蒙与诗歌的关联——诗人本色、诗歌品读和对李商隐诗歌的研究。

回归诗人的本色

在王蒙的自传中,他回忆自己接受教育的起点是姥姥念的诗。姥姥虽然没有上过学,也不认识几个字,但是能背诵《千家诗》:"云淡风轻近午天,傍花随柳过前川……"更喜欢背《红楼梦》中林黛玉的诗:"眼空蓄泪泪空垂,暗洒闲抛知向谁。尺幅鲛绡劳解赠,叫人哪得不伤悲……"他至今还能非常清晰地指出,"'知向谁'云云,现在一般作'却为谁','哪得不伤悲',现在则多为'焉得不伤悲'了,不知是姥姥背诵有误还是另有所本"①。他也能非常清晰地记起,二姨念的唐诗是:"打起黄莺儿,莫教枝上啼。啼时惊妾梦,不得到辽西。"

在王蒙童年的记忆里,诗歌是充满了韵律色彩的。他在回忆录中说:"姥姥和二姨吟诗有一种特有的调子:多——拉多拉——梭～～拉,米米瑞～～米梭梭米瑞～～多多,瑞瑞～～多～～瑞米～～梭——瑞～,多瑞米梭～～瑞多拉～～多梭——"②

---

① 王蒙. 王蒙自传·半生多事. 广州:花城出版社,2006:22.
② 同①.

长大了一些的王蒙,特别热衷于背诵《唐诗三百首》,他至今认为此书是对他真正有帮助的书之一。很多时候,他就是通过诵读诗集来缓解自己童年时代的困惑和苦恼的。用王蒙自己的话来说:"'春眠不觉晓''花落知多少'我读得明白,'床前明月光,疑是地上霜'我也懂。'蜀僧抱绿绮,西下峨嵋峰'与'吾爱孟夫子,风流天下闻'我则不解其意,但也兴高采烈地背诵得紧。'返景入深林,复照青苔上',王维的句子我略有所感。另两句'劝君更尽一杯酒,西出阳关无故人'我则感受真切,离别是很遗憾的喽。张九龄的'海上生明月'我也极欣赏,虽然那时我并没有看到过海,也不知道海上月出的情景。"[1]

可见,童年王蒙的脑海中种下了许多关于诗歌的朦朦胧胧的种子。王蒙还清晰地记得他童年时代第一次的书法作业写"红模子",现成的纸上印着:"一去二三里,烟村四五家,亭台六七座,八九十枝花。"小学三年级的时候,有一次作文题目是《假使》,他作了一首新诗:"假使我是一只老虎,我要把富人吃掉……"富有诗情的二姨经常担负起帮王蒙辅导作文的担子,有时还会在王蒙写的作文中添一些充满诗情画意的句子。有一次作文的题目是《风》,王蒙描写的是飞沙走石的大风,二姨添

---

[1] 王蒙. 王蒙自传·半生多事. 广州:花城出版社,2006:36.

加了这样一句话,给王蒙留下了特别深刻的印象:"啊,风啊,把这世界上的一切黑暗吹散吧!"作文中的这一句富有诗意的文字得到了老师的赞赏,这成了王蒙童年的幸福回忆之一。王蒙在小学五年级时,就写下了一首《题画马》:"千里追风孰可匹,长途跋涉不觉劳。只因伯乐无从觅,化作神龙上九霄。"那时他年仅10岁。可见,王蒙在年幼时就已经流露出一位诗人的本色,这一部分来自天性,一部分来自家庭的熏陶。

王蒙在小说创作方面的成就,让他在中国当代文坛占据一席之地,但小说的光芒也让不少人忽视了王蒙的诗人底色。我们今天再读王蒙时,仅仅把他当成一个小说家,显然是不够准确的。著名作家陆文夫就曾经精准地指出,"王蒙实际上是一个诗人"。综观王蒙的各类作品,那种浓烈的诗情是掩藏不住的,常常喷薄而出。

在王蒙的写作过程中,诗人的底色让他的创作充满了诗意。王蒙曾经为他的长篇小说《青春万岁》写了序诗:"所有的日子,所有的日子都来吧,让我编织你们……"他在忍不住写下这样的诗篇的时候,表达的正是他在小说创作过程中那种诗人一般的状态。他曾说道:"写《青春万岁》,我的感觉是弹响了一架钢琴,带动了一个小乐队,忽疾忽徐,高低杂响,流水叮咚,万籁齐鸣,雷击闪电,清风细雨,高昂狂欢,不离不即。而写《组织部来了个年轻人》是一架小提琴,升天入地,揉拈

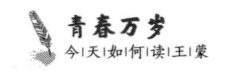

急拨，呼应回环，如泣如诉，如歌如诗。"[1]

　　王蒙的小说创作，实际上是他的诗人情绪的外化，虽然作品不一定是诗歌，但他的创作充满了诗人的状态。以"诗"入手对王蒙的小说作品进行解读，更容易感受他不同创作阶段的不同情绪状态。对此，王蒙丝毫没有否认，他说："我是在写小说，但是我的感觉更像是写一部诗，吟咏背诵，泪流满面。"[2]正因为如此，有学者把王蒙小说中的一部分，定义为"诗情小说"[3]。王蒙从创作第一篇小说起，就在追求一种生活的诗化，追求"小说状的诗与诗味的小说"[4]。不过，由于王蒙在中国特殊的政治语境中有独特的政治地位，所以直到今天，在不少人的心目中，王蒙还是一个"政治化"的作家。其实，如果阅读过王蒙大量的作品会发现，在表面的政治色彩下，他是一个充满了趣味、诗情的复杂的作家，他的文字情感细腻，很敏感，也很纤细。他一直以来都是在用文字诠释自己的诗意人生。

　　在温奉桥、李萌羽所撰的《王蒙诗情小说刍论》中，作者认为："在王蒙的文化心态结构中，'革命'正如'青春'一样，本身就构成了王蒙诗性、诗情的一部分，是王蒙诗性、诗情的

---

[1] 王蒙. 半生多事. 北京：人民文学出版社，2014：160.
[2] 同[1] 161.
[3] 温奉桥，李萌羽. 王蒙诗情小说刍论. 东方论坛（青岛大学学报），2006（3）.
[4] 王蒙. 如诗的篇什. 北京：人民文学出版社，2014：145.

一种表现形态、外衍形式。从一定意义上可以认为,王蒙一生都在写一首诗,一首关于'青春'与'革命'的诗!都在写一个梦,一个关于'青春'和'革命'的梦!"①

其实,正是一位诗人的本色,让王蒙的生活方式和对生命的诠释方式,都浸润着诗意。比如,他选择从北京到新疆去寻找"诗和远方"。王蒙说,在当时有可能去的一些省和区里,新疆对他来说最具有浪漫的魅力。1963年,王蒙在农历新年到来之前,就带着夫人与一个五岁的孩子、一个三岁的孩子,奔赴新疆。一个充满了诗人情怀的人,做了一个充满了诗意的选择。在路上,经过一个个让王蒙激动的地方,他忍不住吟了一首诗:

嘉峪关前风嗾狼,云天瀚海两茫茫,边山漫漫京华远,笑问何时入我疆。乌鞘岧峰走铁龙,黄河浪阔架长虹,多情应笑天公老,自有男儿胜天公。日月推移时差多,寒温易貌越千河,似曾相识天山雪,几度寻它梦巍峨……②

无论是童年还是后来身居高位,王蒙的诗歌往往都随性流露,并且在诗歌中,还有对时代的敏锐察觉。1988年2月,时任文化部部长的他在邓小平南方谈话的四年前就写下了《南行

---

① 温奉桥,李萌羽. 王蒙诗情小说刍论. 东方论坛(青岛大学学报),2006(3).

② 王蒙. 我的人生笔记. 长春:时代文艺出版社,2008:62.

十景》，其六《商品意识》云："使君且为商，财源似大江。书生数老九，爬格夜未央。"其七《社会福利券》云："求福应有福，梦财未必财。得失皆一笑，何不兴乎来？"[①]

王蒙一生的经历坎坷且传奇，祖国大江南北和世界上很多地方都留下了他的足迹。在这一段段岁月和旅行中，他也留下了一首首诗歌。在西藏，他写下了《西藏的遐思》；在天山，他吟出了《雪满天山路》；在泰国，他写下了《泰国风情》，包括《重叠的夏天》《佛城》《椰子和它的伙伴》《金塔》和《答公主》；在埃及，他写了《卡纳克神殿》《金字塔》《尼罗河》等诗歌；在罗马，则有了《罗马漫步》。行游四方，触景生情，任凭想象驰骋，这便是王蒙，一个充满了诗人底色的复杂的作家。

王蒙对于诗始终有着别样的情愫，在他的一些作品中，他对诗的描述生动地诠释了他对诗的情感。比如这篇《我说"是的"》的最后一段："我说'是的'。我寂寞了我写诗。是的。不甘寂寞写诗。是的。劝自己要甘于寂寞写诗。是的。讨嫌写诗。而诗是可爱的。甚至包括你写的诗。你的诗是可爱的。便剩下更多的不十分可爱的留给自己。你好。"[②]无论在任何时候，寂寞时或是不寂寞时，诗歌都是王蒙最重要的伴侣之一，也是他精神世界中最宝贵的一笔财富。

[①] 王蒙. 诗歌 译诗 论李商隐. 北京：人民文学出版社，2014：264.
[②] 同① 355.

【经典品读】

不老

三十岁的人觉得四十岁的人太老了

四十岁的人觉得五十岁的人很老呵

五十岁的人觉得六十岁的人在老着

六十岁的人觉得七十岁的人真老了

谁又能不老呢

我的女儿明天过十七岁的生日

她说:我都老啦

已经失去了十六、十五、十四

留下了一串串跳皮筋、戴红领巾的日子

四十岁的人觉得三十岁的人年轻

五十岁的人觉得四十岁的人还小

六十岁的人觉得五十岁的人风华正茂

八十岁的人觉得七十岁的人也不算老

所有的先人都羡慕我们年轻

地球和月亮都觉得我们幼小

> 人类，本来就年轻
>
> 活着，便是年轻
>
> 留下那青春的鲜活的记忆
>
> 追求
>
> 奔跑
>
> ——王蒙《不老》

1988年9月，王蒙为京韵大鼓表演艺术家骆玉笙（小彩武）写的鼓词《文人与酒》颇能体现他的一种诗人态度："有酒方能意识流，人间天上任遨游？自古文人爱美酒，诗文伴酒传千秋。神州大地多琼液，且从茅台喝起头……"[1]

诗歌与美酒都不能负，这其实就是王蒙作为一位诗人的精神底色，在他跌宕起伏的传奇人生中，陪他闯过生命的一次次辉煌、困境、幸福、痛苦的，有诗，也有酒。他自己谈道："颓废也罢，有酒可浇，有诗可写，有情可抒。"这本来就是文人的旨趣所在。

---

[1] 王蒙. 诗歌 译诗 论李商隐. 北京：人民文学出版社，2014：175.

传统诗歌的品读写

"我特别喜欢记诗,寂寞时便默诵少年时就已背下来的李白、李商隐、白居易、元稹、孟浩然、苏东坡、辛弃疾、温庭筠……还有刘大白的新诗:

"归巢的鸟儿,尽管是倦了,还驮着斜阳回去。

"双翅一翻,把斜阳掉在江上;头白的芦苇,也妆成一瞬的红颜了。"[1]

少年时代接受的中国古代诗歌的浸润,给王蒙的创作人生提供了丰富的养料,也培养了他的诗歌气质。诗的元素一直萦绕在王蒙心中,这事实上培养了其对于世界、对于生活的一种观察方式与表达方式。8岁时,他就开始读《诗韵合璧》,10岁左右就能够熟读、背诵《唐诗三百首》《千家诗》等中国传统诗集。

童年时代的王蒙就特别喜欢背诗,同时,他有着非常强的记忆能力,对自己的记忆力也充满了自信。他曾在《忘却的魅力》一文中说:"我已不再年轻,我仍然得意于自己的记忆力。

---

[1] 王蒙. 我的人生笔记. 长春:时代文艺出版社,2008:103.

我仍然敢与你打赌，拿一首旧体诗来，读上两遍我就可以背诵。"[1]正因为如此，他在少年时代记忆过的诗歌在他的脑海中刻下了深深的烙印。这种烙印让王蒙在人生的长河中不断用他品读过的诗歌来解读生活、解读世界，而人生丰富的阅历，又进一步加深了他对传统诗歌的感受与理解。

王蒙对于传统诗歌中的"诗言志"这一概念曾表达过自己的理解。他说，所谓的"诗言志"不光是一个自我表达的问题，更是一种个人精神生活走向的问题。也就是说，品读写诗歌的过程，就是对美好精神世界的追求与向往，是一段进行审美追求的生命历程。这里的"志"，在王蒙看来，有着多种诠释的可能与空间："志"可以是一种"志趣"，也可以是"再现"，如"县志""人物志"的"志"。

根据自己对于"志"的理解，王蒙对中国古代诗歌进行了自己的点评。他首先认为，这个"志"不是绝对的，作者可以按照自己的想法去写诗歌，读者也可以依据各种方式来对诗歌进行自我的解读与探索。比如，提到大诗人杜甫在《茅屋为秋风所破歌》中写道："安得广厦千万间，大庇天下寒士俱欢颜，风雨不动安如山！呜呼！何时眼前突兀见此屋，吾庐独破受冻死亦足！"王蒙就指出了杜甫的仁者风度，也就是君子心忧天下的品德。

---

[1] 王蒙. 我的人生笔记. 长春：时代文艺出版社，2008：103-104.

第三章 且以诗酒赋华年

谈到李白,王蒙更是认为,李白的诗非常好地展示了他精神上的游历和思想上的变化。比如"天生我材必有用,千金散尽还复来",王蒙就说李白有点儿"说大话",不过,李白的大话也不一定是坏事,不有损于别人,也不会给自己带来"虚名和多少实惠"[1]。在王蒙看来,中国诗人中本来就有一批如李白这样的浪漫派诗人,他们会充分表达自己,这也是中国古代诗歌中"诗言志"的表现形式。"天生我材必有用"是一种人生,"天生我材没有用"也是一种人生,而"天生我材不得用""天生我材更倒霉"更是一种人生,但是李白表达出来的思想则是"必有用"。由此看来,王蒙认为李白的诗歌是鼓舞人心的,比如"蓬莱文章建安骨,中间小谢又清发。俱怀逸兴壮思飞,欲上青天揽明月""仰天大笑出门去,我辈岂是蓬蒿人",这一系列诗歌都呈现了李白的"说大话"的特点,但这恰恰就是他的"志",也是他精神生活与审美追求的方向。

王蒙点评古代诗人,能用特别通俗易懂的方式,甚至用今天的大白话,来生动地解释他对古人诗歌的看法。在"诗言志"这一线索中,清朝的龚自珍也得到了王蒙的金句点评。他说,龚自珍也是个"爱说大话"的人,"他与社会、环境、体制之间有各种各样的矛盾"[2],所以他的诗歌里处处表达着极强的自信,

---

[1] 王蒙. 诗歌 译诗 论李商隐. 北京:人民文学出版社,2014:497.
[2] 同[1] 499.

胸怀天下，可是又有郁郁不得志的情绪。比如《夜坐》："春夜伤心坐画屏，不如放眼入青冥。一山突起丘陵妒，万籁无言帝座灵。"王蒙解读，这里的"一山突起丘陵妒"是说，连小山包都会嫉妒高山，这里写的显然不是山和山之间的关系，王蒙的点评一语道破："我们只知道人和人之间有这种嫉妒的关系，山和山之间没有，黄河不会嫉妒长江，珠江也不会嫉妒黄河；动物之间有没有嫉妒还待考……但是人之间比较明显。"[1]

再看龚自珍的另一首代表作："九州生气恃风雷，万马齐喑究可哀。我劝天公重抖擞，不拘一格降人才。"有不少评论人士认为这首诗显得比较直白，并不太好。不过王蒙自有他的精妙解释："龚自珍这首诗还是非常的好，不管他吹牛也好，好赌也好，还是以天下为己任，觉得'吾曹不出，如苍生何？'——中国的诗人都觉得自己非常重要，所以他要管到'天公'那里去，希望'天公重抖擞'，'不拘一格降人才'——好赌一点，也还算是人才。"[2]另外，在《湘月》中，"屠狗功名，雕龙文卷，岂是平生意"，则把备受推崇的立德、立功、立言都踩在了脚下，"怨去吹箫，狂来说剑，两样销魂味"，也把很多内容概括进去了。王蒙认为，龚自珍的词的境界已经很高了，但是文学界的评价还不够，值得进一步挖掘。

---

[1] 王蒙. 诗歌 译诗 论李商隐. 北京：人民文学出版社，2014：499.
[2] 同[1] 499-500.

第三章
且以诗酒赋华年

　　王蒙对于一些能将功业与诗歌交融于一身的"行动派"诗人，也有着自己的见解与评价。比如，秋瑾女士主要是一位革命家，而不是一位专业的诗人，不过她的诗歌还是让王蒙充满了敬佩，比如这首《宝剑诗》："神剑虽挂壁，锋芒世已惊。中夜发长啸，烈烈如枭鸣。"王蒙在评价这首诗时说："剑挂在墙上，其锋芒却使世界震惊——这位'鉴湖女侠'真是不简单。"这里也能看出他对于"诗言志"这一传统思想中的行动派，尤其是把革命与诗歌融为一体的人的推崇。当然，王蒙自己也是如此。诗就是他自己，他的人生也追随着诗的节奏。他以他老道、智慧、幽默的语言进行点评，让人一看就懂，不仅让大家对古诗有了新的感受，也让大家对他达观、智慧与幽默的个性有了新的认知。

　　王蒙对传统诗歌的品读、思考以及个人的理解，其实也浸润在他自己的诗歌创作中。虽然在他的整个创作生涯中，诗歌所引发的社会关注相对较少，但仔细考察可发现，其创作还是非常可观的。"单就诗歌创作数量而言，《王蒙文存》第16卷中，就收入了新诗179首，旧体诗155首，散文诗9首，译诗12首，这还不是王蒙诗作的全部。"[①] 王蒙出版了《雨点集》《旋转的秋千》等新诗集两部，并于2001年1月在上海古籍出版社出版了

[①] 王蒙. 诗歌 译诗 论李商隐. 北京：人民文学出版社，2014：500.

《绘图本王蒙旧体诗集》。这本集子分24题，共161首，收录了王蒙从1944年10岁时所写的第一首七绝，到2000年游瑞士时的创作等各个时期的旧体诗作品。

其实，对于普通读者和研究者来说，想要走进王蒙的思想以及了解王蒙本人，最佳的入口就是他的诗歌。他创作的诗歌，充分反映了一个充满人生智慧的、风趣幽默的智者的情趣人生。他的一些幽默讽刺诗歌视角颇为独特，读起来别有风味。比如，他在攀登黄山后写的《咏黄山》中的第五首："黄山多情侣，情侣更惜情。重金购小锁，锁住身与灵。钥匙抛深谷，离分不可能。旧锁渐霉锈，情侣何所终？满眼烂铜铁，污染好景风。锁贩赚其钱，愚众笑顽冥！"[1] 面对黄山上到处都是的情侣锁，王蒙并未从传统的浪漫主义和爱情天长地久的角度去表达，反而针对这些锈迹斑驳的锁对环境的破坏、对视觉的污染，以讽刺之态给予了毫不留情的嘲讽。

其实王蒙更喜欢自嘲——真正有自信的人是敢于自我开玩笑的。他在《自画像》中充分体现了拿自己开涮的勇气："身高不足一米七，体重徘徊六十七（kg）。头晕皆因爬格子，腹健不辞冷扎啤。"[2] 这是对自己状态的描述，带着幽默和通透。在《自嘲打油》中，他则自嘲"人间最妙爬格子，世上无双耍狗熊"，

---

[1] 丁玉柱. 王蒙旧体诗传. 青岛：中国海洋大学出版社，2006：794.
[2] 王蒙. 诗歌 译诗 论李商隐. 北京：人民文学出版社，2014：273.

这是对自己写作的调侃，但即便如此，还是觉得"爬格子"是世间最"妙"之事；谈到自己所居住之地，则是"室陋难遮蚊蝇蚁，树高可栖鸟猫虫"①。

王蒙还有简洁含蓄类的诗歌创作。根据王蒙《鳞与爪》一文的叙述，1987年4月，他第一次访问日本的时候，在京都的一次记者招待会上，有一位老太太来到会场与他见面。老太太笑着与王蒙握手，注视着王蒙说："战争时候，我在华北。"当时，她说得很慢，尤其是"华北"，说出来的时候显得沉重，她的笑在王蒙的眼里也分不清是苦笑还是喜笑，而她注视王蒙的眼神中流露出了很多的情感：痛苦、惭愧、留恋、感慨、友好、认错等。正是这个小细节，勾起了王蒙的童年记忆，使他想起了在日本侵略下的童年往事。对比当前的中日友好，他百感交集，情绪复杂，留下了《访日俳句十四首》中的三首《无题》："战时在华北／目光闪烁君含泪／往事何堪忆"（《无题一》）；"本是来初次／无穷旧事纷扬起／此情应相知"（《无题二》）；"相逢何相亲／古今因缘细谈论／更在不言中"（《无题三》）②。三首短短的俳句，"语少情多，言近旨远，简洁含蓄，耐人寻味"③。

---

① 王蒙. 诗歌 译诗 论李商隐. 北京：人民文学出版社，2014：271.
② 同①261-262.
③ 张应中. 王蒙旧体诗的智慧. 安徽师范大学学报（人文社会科学版），2004（1）.

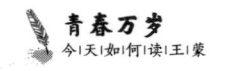

李商隐的诗歌人生

说起王蒙对诗歌的喜爱，就不得不提到李商隐。王蒙，作为中国当代文坛大家，他的一生充满传奇色彩，他还曾担任过中华人民共和国的文化部部长，著作等身，创作的众多小说都成了文坛经典。李商隐则是一个政治上失意的人，用王蒙的话说，李商隐"甚至连失败都谈不到，因为他根本没有获得过一次施展政治抱负，哪怕是痛快淋漓地陈述一次政治主张的机会"[1]。李商隐始终是个郁郁不得志，常常陷入自怨自艾，困在自己构筑的内心世界之中的诗人。可是，王蒙却偏偏成了李商隐的"粉丝"，而且是铁杆"粉丝"。

李商隐（813—858），字义山，号玉谿生，祖籍怀州河内（今河南沁阳），后移居郑州荥阳，晚唐著名诗人。他与杜牧被世人称作"小李杜"，与李贺、李白则被称为"三李"，与温庭

---

[1] 王蒙. 诗歌 译诗 论李商隐. 北京：人民文学出版社，2014：431.

筠合称为"温李"。

李商隐是晚唐最重要的诗人之一。其诗寄托遥深,构思细密,表现婉曲,情韵优美,语言清丽,韵律和谐,风格秾丽。他作品中的一些爱情诗和无题诗写得缠绵悱恻,优美动人,广为传诵。以《锦瑟》为代表的不少诗作,较为隐晦迷离,难以索解。很多诗中充满了比兴、寄托和象征,并且表现出了一种朦胧凄艳的诗歌之美。金代诗人元好问感叹道:"诗家总爱西昆好,独恨无人作郑笺。"

唐文宗开成二年(837年),李商隐中了进士,曾任秘书省校书郎、弘农尉等。由于卷入了"牛李党争"的政治旋涡,他在两党相争的夹缝中吃尽苦头,也因此备受排挤,一生抑郁不得志。但在诗歌上,他却取得了惊人的成就。唐宣宗大中十二年(858年),他在郑州病故,葬于故乡荥阳,也有说他葬于祖籍地怀州雍店(今沁阳山王庄镇)之东原的清化北山下。

进入20世纪90年代,王蒙写了一系列专门研究李商隐的文章。通过这些文章可以发现,在这一时期,王蒙进入了对李商隐痴迷的阶段,仿佛如今的"追星族"。在文章《〈锦瑟〉的野狐禅》的开头,王蒙写道:"从去年不知着了什么魔,老是想着《锦瑟》,在《读书》上发表了两篇说《锦瑟》的文章。后来,今

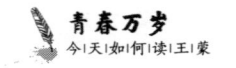

年又在《读书》上读到了张中行师长的文章，仍觉不能自已。"①

王蒙对李商隐这样一位在历史的雾霭中显得扑朔迷离的诗人充满了迷恋。他著述的系列文章，虽然是具有研究性质的论文，但文字中无法掩饰他对李商隐的喜爱。比如，提到《夜雨寄北》这首诗（"君问归期未有期，巴山夜雨涨秋池。何当共剪西窗烛，却话巴山夜雨时"）时，王蒙说："巴山夜雨的回忆、可能的回忆，这样萦绕心头，深挚而又轻灵优美，回旋如歌曲，如绵绵的秋雨，含蓄如面带微笑的叹息。而这一切表现在二十八个字中，二十八个字中仅'巴山夜雨'就出现两次，两个四，占了八个字，两个'期'一个'时'，含义相近，占了三个字，'何当''却说'，语气词发语词又占了四个字，短小精练却绝不局促，绝没有删削造成的残伤，甚至可以说是天衣无缝的完整而又从容，堪称绝唱！"②

在描述《锦瑟》当中的"沧海月明珠有泪，蓝田日暖玉生烟"时，他则说，这一句"传达了一种不可思议、不可描述、不可企及的精神—艺术境界：迷茫、苍凉、空旷、远古而又悲戚、静穆、神秘、虔敬，无边无际、无始无终"③。王蒙喜欢李商隐的诗，尤其以《锦瑟》为甚。

---

① 王蒙. 诗歌 译诗 论李商隐. 北京：人民文学出版社，2014：445.
② 同① 434-435.
③ 同① 438.

【经典品读】

李商隐《锦瑟》

锦瑟无端五十弦，一弦一柱思华年。

庄生晓梦迷蝴蝶，望帝春心托杜鹃。

沧海月明珠有泪，蓝田日暖玉生烟。

此情可待成追忆，只是当时已惘然。

对于《锦瑟》这首诗，王蒙不断地把玩，不断地揣摩、思考，甚至还"玩"出了一段文字游戏。王蒙说，在他的脑子里面，《锦瑟》这首诗里的每个字、词、句都是不断盘旋的，以至于进行了全新的连接、组合、分解、旋转、狂跑，以各种各样的运动方式，产生了"蒙太奇"的新效果。

比如其中一种是新的七言诗：

锦瑟蝴蝶已惘然，无端珠玉成华弦。

庄生追忆春心泪，望帝迷托晓梦烟。

日有一弦生一柱，当时沧海五十年。

月明可待蓝田暖，只是此情思杜鹃。[1]

---

[1] 王蒙. 诗歌 译诗 论李商隐. 北京：人民文学出版社，2014：445.

这是王蒙打乱了原诗字序之后，重新编排出的一首新诗。他对各种意象重新加以组合，产生了全新的诗，看上去还是很工整、很美，诗情、诗境、诗语、诗象也大致保持了原貌。王蒙自己也颇为得意，但他并不满足于此，又进一步拓展：

杜鹃、明月、蝴蝶，成无端惘然追忆。日暖蓝田晓梦，春心迷，沧海生烟玉。托此情，思锦瑟，可待庄生望帝。当时一弦一柱，五十弦，只是有珠泪，华年已。①

充满童心的王蒙，出于对文字意象的痴迷，又把这首诗变成了一副对联：

此情无端，只是晓梦庄生望帝，月明日暖，生成玉烟珠泪，思一弦一柱已。（上联）

春心惘然，追忆当时蝴蝶锦瑟，沧海蓝田，可待有五十弦，托华年杜鹃迷。（下联）②

这种对《锦瑟》的编排，王蒙说自己是受到了这首诗的"诱惑"，甚至有些"走火入魔"，也让他难以抵抗它背后的魅

---

① 王蒙. 诗歌 译诗 论李商隐. 北京：人民文学出版社，2014：446.
② 同①.

力。在王蒙论述李商隐的文字当中，类似这样兴奋喜爱之情溢于言表的地方还有很多。

【我来品说】

> 1. 你认为中国古典诗歌对王蒙的小说创作产生了怎样的影响？
> 2. 对照王蒙一生的起伏经历，和他在不同时期创作的诗歌，请你思考一下诗歌与人生的关系。
> 3. 结合你自身的情况，谈谈你读过的诗歌有哪些对你的生活以及写作产生了重要影响。

第四章 传统经典觅人生

> **导读**
>
> 传统文化对王蒙影响至深,传统经典则是王蒙从传统文化中汲取精神营养的重要宝藏。为何王蒙一直坦言,《红楼梦》是他最喜欢的书?王蒙一直在反复读《老子》,既从《老子》中寻求帮助,也从中寻找智慧,他与老子有哪些思想交汇的地方?庄子的洒脱形象深入人心,我们在王蒙身上的哪些地方看到了庄子的影子?孔子及其弟子的语录集合《论语》,以及儒家的另一部经典《孟子》又给王蒙带来了哪些启示?

红楼梦境有人生

王蒙爱读《红楼梦》，在他的著作中，经常会见到引用《红楼梦》的地方。他曾声称，这是"一本最经得住读，经得住分析，经得住折腾的书"。王蒙曾写了许多专题文章来讲他对《红楼梦》的理解。

北海公园有两排整齐的杨树，树干挺拔直立。小时候的王蒙曾不理解《红楼梦》中林黛玉抱怨响杨的树叶噪声。对于当时的王蒙来说，"杨叶的作响是一片天籁，一片清凉，一片宽阔和生机"[1]。这是王蒙在自传中首次提及《红楼梦》。儿时的王蒙不理解林黛玉的心境，更无从领会她的情感。不过，他发现《红楼梦》中的情境在日常生活中随处可见。

王蒙曾感言，他对四季的感受和体会不是同步的，越是激烈的季节他越容易感受到。他最早体会到的是冬天，感受也最深切。童年时期的冬天比较峻烈，他上学时穿得全副武装，但

---

[1] 王蒙. 半生多事. 北京：人民文学出版社，2014：45.

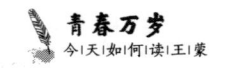

是仍旧冻得手脚发麻，手指僵硬得不能写字。小学二年级的时候，他注意到了下大雨的夏天，在炎热的夏天，乘凉与闹雨便成了一段段美好的记忆。对秋天的记忆是在河北良乡，秋收庄稼一望无际，王蒙感受到了比北京盛夏更多的凉意。对于春天，王蒙感受最迟，时间是1950年，王蒙当时16岁，从中央团校毕业后被分配到新民主主义青年团北京市第三区工作委员会任中学部干事；地点是北海公园。时值春天，王蒙与姐姐王洒在石桥与牌坊处赏湖，碰到了来公园玩的女二中学生崔瑞芳。她的笑容令王蒙难忘。《红楼梦》中关于春天的描写让王蒙感受到了一种情绪上的触动，一种悲哀与惶惑，似乎还有点拖泥带水。这个现实中的春天被王蒙记住了。王蒙更是记住了崔瑞芳，因为那是爱情萌芽的模样。[1]

王蒙曾坦言，"虽然不是贾宝玉，但我同样有男浊女清之叹"[2]。他相信所有男生都有过与贾宝玉类似的想法，而《红楼梦》首次把它描绘得那么夸张生动。王蒙从未讳言自己的青春冲动——当然，这样才更加真实。

青春是短暂的，也有深切的记忆，王蒙用一部长篇小说来记录自己经历的激情岁月，那就是《青春万岁》。《青春万岁》动笔于1953年，此时的王蒙已经是一名19岁的青年工作干部，

---

[1] 王蒙. 半生多事. 北京：人民文学出版社，2014：89-93.
[2] 同[1] 118.

处理起工作来游刃有余。一个陆姓团员不服领导而被处罚的事情,让王蒙对生活加深了一层体悟。"世事洞明皆学问,人情练达即文章。"王蒙用《红楼梦》里的诗句对此发出了感叹。王蒙感叹道:"文学有文学的性格,文学有文学的蹊径洞天,直到想入非非:生活中到处碰壁、不受欢迎、尴尬狼狈,但并无大恶,乃至不无几分可爱的人物,也许仍然可以入梦入诗入小说吧,谁知道呢?"①我们改变不了世界,但是可以改变自己。这个世界自然有其准则,事物之所以存在自然有其道理。"贾宝玉、林黛玉、晴雯或者芳官之类的青年,如果与我同事,肯定也会受处分被淘汰。但是,《红楼梦》中,有他们的一席之地,那是他们大行其道的地方。"②

然而,王蒙还来不及回味和品尝,就被裹挟进了一次事件之中,那就是《组织部来了个年轻人》的发表。这一年王蒙22岁。当时,王蒙因为这篇文章的发表而遭受了批判,被错划为"右派分子"。其间,王蒙所经受的苦痛,不仅仅是下放到地方劳作,更重要的是精神上的折磨。1957年,王蒙写下了小说《尹薇薇》。文中有契诃夫的影子,也有鲁迅、屈原的影子,更有《红楼梦》中贾宝玉的影子。此时崔瑞芳正与王蒙相恋,她坚信"王蒙是好人",并毅然于1957年与王蒙结婚。

---

① 王蒙. 半生多事. 北京:人民文学出版社,2014:150.
② 同①.

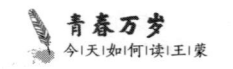

后来，王蒙全家去了新疆，积极投入社会主义运动。直到20世纪70年代末重返北京，他也很少提及研读《红楼梦》。

1989年，王蒙认为"从即将离开文化部工作的那一天起，我就认定，到了我谈《红楼梦》的时候了"①。他有自己的创作实践、人生经验、感情体验，以及在世事与人间"翻过筋斗"的阅历。他要做的"不是研究考证《红楼梦》的学问"，而是"与书本的互相发现互相证明互相补充互相延伸与解析"，"要发现红楼中的人生意味，人生艰难，人生百色，人生遗憾，人生超越，人生的无常与有定"②。

王蒙对贾雨村受挫的情景感受至深，他还特意抄录下那几段，觉得尽管贾雨村是个坏人，但曹雪芹依然将之写得盎然有味。对于"元妃省亲"中的会面场景，王蒙曾为贾政的忠心感动落泪。大家在读《红楼梦》时经常对宝钗与黛玉的性格分化感到困惑，王蒙也提出了二者可以合二为一的观点，甚至由此提出在方法上对这种现象进行归纳。

王蒙撰写并出版了大量研究《红楼梦》的札记作品。1991年，王蒙在三联书店出版了《红楼启示录》，十余年间多次加印。1994年9月，王蒙评点本《红楼梦》在漓江出版社出版，后在上海文艺出版社、中华书局再版。2008年，《不奴隶，毋宁

---

① 王蒙. 九命七羊. 北京：人民文学出版社，2014：48.
② 同① 49.

死？》在北京十月文艺出版社出版。2010年,《王蒙的红楼梦（讲说本）》在湖南文艺出版社出版。

进入21世纪，王蒙在各地所做的演讲中，内容也多次涉及《红楼梦》。他擅长即兴发挥，经常会有新的体悟，仿佛随时都能与曹雪芹交流，交流他的感悟，交流他的人生。

【经典品读】

王蒙的《红楼梦》评点

《红楼梦》是经验的结晶。人生经验，社会经验，感情经验，政治经验，艺术经验，无所不备。《红楼梦》就是人生。《红楼梦》帮助你体验人生。读一部《红楼梦》，等于活了一次，至少是活了20岁。

读《红楼梦》，就是与《红楼梦》的作者的一次对话，一次"经验交流"。以自己的经验去理解《红楼梦》的经验，以《红楼梦》的经验去验证、补充、启迪自己的经验。你的经验、你的人生便无比地丰富了，鲜活了。

《红楼梦》又是一部充满想象的书。它留下了太多的玄想、奇想、遐想、谜语、神话，还来不及好好梳理，因此需要你的智慧的信息……它使你猜测，使你迷惑，使你入魔，使你进入了另一个世界。于是你觉悟了：原来世界不止一个，原来你有那么多种有待探索和发现的世界。

读完《红楼梦》，你能和没有读它以前一样吗？

《红楼梦》是一部令人解脱的书。万事都经历了，便只有大怜悯大淡漠大欢喜大虚空。便只有无。所有的有都像是谵妄直至欺骗，而只有无最实在。便不再有或不再那么计较那些渺小的红尘琐事。便活得稍稍潇洒了——当然也是悲凉了些。

读过《红楼梦》以后，你当懂得潇洒里自有悲凉，悲凉里自有潇洒的道理。

《红楼梦》是一部执着的书。它使你觉得世界上本来还是有一些让人值得为之生为之死为之哭为之笑为之发疯的事情。……

……

《红楼梦》令你叹息。《红楼梦》令你惆怅。《红楼梦》令你聪明。《红楼梦》令你迷惑。《红楼梦》令你心碎。《红楼梦》令你觉得汉语汉字真是无与伦比。《红楼梦》使你觉得神秘，觉得冥冥中有一种不可思议的伟大。

你会觉得：不可能是任何个人写出了《红楼梦》。《红楼梦》里的人物都已经成了精。《红楼梦》里的事情已经都成了命。他们已经走入了你的生活，你甚至于无法驱逐

第四章
传统经典觅人生

他们。

是那冥冥中的伟大写了《红楼梦》。假曹雪芹之手写了它，又假那么多人的眼睛包括王蒙的眼睛从中看出了一些什么，得到了一些什么。

《红楼梦》是一部文化的书。它似乎已经把汉语汉字汉文学的可能性用尽了，把我们的文化写完了。

《红楼梦》是一部百科全书，而且不仅是封建社会的。几乎是，你的一切经历经验喜怒哀乐都能从《红楼梦》里找到参照，找到解释，找到依托，也找到心心相印的共振。

《红楼梦》又是一个智力与情感、推理与感悟、焦躁与宁安的交换交叉作用场。你有没有唱完没有唱起来的戏吗？你有还需要操练和发挥的智力精力和情感吗？你有需要卖弄或者奉献的才华与学识吗？你有还没有哭完的眼泪吗？请到《红楼梦》这方来！来多少这里都容得下！

尤其是，《红楼梦》其实什么也没有告诉你。你永远为之争论，为之痛苦，你说不明白，为什么是这样而不是那样，是他而不是她。你更弄不明白，究竟是谁比谁好一些或者不好一些，谁比谁可爱一些或者不可爱一些，究竟哪一段更真实一些还是哪一段更假语村言……

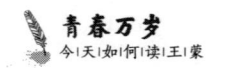

再加上"红学",你和《红楼梦》较劲吧,你永远不可能征服它,它却强大得可以占领你的一生。

《红楼梦》永远是一部刚刚出版的新书。

读《红楼梦》是一次勇敢的精神探求。在那个世界里,你将听到什么,得到什么呢?

——王蒙《我读〈红楼梦〉》

向老子求帮助

比起《红楼梦》,王蒙读《老子》(又名《道德经》)的时间相对较晚。十五六岁的他以较小的年纪参加工作,有时难免急躁。偶然间读到《老子》,其中与水有关的内容给他留下了深刻的印象:"上善若水,水善利万物而不争,处众人之所恶,故几于道。""天下莫柔弱于水,而攻坚强者莫之能胜,以其无以易之。"当时的王蒙并没有完全弄明白,只根据自己的粗浅理解,就一下子觉得心平气和,觉得人不需要特别表现自己。①

王蒙坦言,他对《老子》的感受是随着年龄的增长而不断发生变化的。尤其是他少年成名,经历的事情颇多,历经荣辱沉浮、跌宕曲折,读《老子》能够让自己保持良好的、超脱的精神状态,使自己的心境更加宽广。40岁时,王蒙还在新疆,他开始读一些宗教方面的书籍,并从这些角度对《老子》进行思考,进而加深了认识。②他说,《老子》对他最直接的

---

① 王蒙. 老子十八讲. 北京:人民文学出版社,2014:326.
② 同①.

帮助可能就是下象棋方面，以前自己常常只能看一两步，读了《老子》，就能看三五步或者更多了。用一句通俗的话说，多读《老子》，看事情就会更加通透，心态平和，浮躁与焦虑就会减少。

王蒙的可贵之处在于贯通，在他看来读书与生活是相通的。在新疆，他读的多是维吾尔语的毛泽东著作及其他作品，而在1963年他来到伊犁、伊宁，品读生活、边疆、民族，新疆给了他漫游的趣味、快乐和启迪，这与研读《道德经》带来的感受是相通的。[①]生活的细节总能与书本相互验证，当他读到任继愈老先生所著《老子绎读》时，注意了一个注释的细节，说古代的橐龠是用皮口袋做成的。王蒙看罢拍案叫绝，他知道在新疆，农村铁匠当时仍然用羊皮口袋制作风箱，他亲眼看到过好多次。因此，他慨叹老子的书中不无生活细节和生活气息。[②]

王蒙读《老子》的贯通之处，还在于他能联想到其他古代典籍中一以贯之的故事。比如，当他读到《老子》第九章"持而盈之，不如其已；揣而锐之，不可常保；金玉满堂，莫之能守；富贵而骄，自遗其咎。功遂身退，天之道也"时，言简意赅地说道，其中心意思就是物极必反，毋为已甚，急流勇退，见好就收。这种说法屡见不鲜，要做到却非常难。其实，

---

① 王蒙．读老子更通透．华商报，2009-01-03．
② 王蒙．老子的帮助．北京：人民文学出版社，2014：23．

第四章 传统经典觅人生

很多名言中的道理都很好理解，但是难以做到。无论是王蒙列举的《尚书》中我们熟知的名言"满招损，谦受益"，还是毛泽东语录中的警句"谦虚使人进步，骄傲使人落后"，都发人深省。

回到老子所处的春秋时代背景。当时诸侯征战不已，盈、锐、满、骄不绝于耳目，兴亡盛衰不休，老子由此而发出了这样的感叹。这些警世良言并非仅仅适用于一时一地，而是历朝历代无论个人还是集体，无论王侯将相还是常人百姓都会遇到[1]，不同人看了有不同的感受，这就是王蒙的贯通之处。

王蒙推崇《老子》，更加重视的是读《老子》的方法，并且形成了自己的观点。有一次，一位编辑请王蒙写一句有启迪意义的话，他就想到了两个字——"无为"。王蒙认为，一个人要形成自己的"无为观"。什么是无为？"无为不是不做事，而是不做那些无益、无效、无趣、无聊的事，更不是去做蠢事。无为是要理智地把握好'不做什么'。无为是一种效率原则、养生原则、成事原则、快乐原则。无为是一种境界，一种办事原则。无为也是一种豁达、聪明和风格。但无为也有它的'规则'和'底线'，是我们不可忽略的。"[2]

---

[1] 王蒙. 老子的帮助. 北京：人民文学出版社，2014：33-34.
[2] 王蒙. 我的人生哲学. 北京：人民文学出版社，2014：60.

【经典品读】

《美丽的无为令人陶醉》片段

"无为",就跟中国人想象的功夫一样,这功夫不太高的时候,比如咱俩比画比画练一练,我一拳打过来你一脚踢上来,你一刀砍下来我一棍给你拨开,这是最简单的。在中国人的头脑里最上乘的最理想的武功是:一个老头眼睛半睁半闭就这么一坐,敌人过来一刀砍下来了,我的脖子稍稍一闪然后用手指头一弹,那人瘫了、不能动了。这是中国人的理想。我们可以看得出来,因为我也是爬格子的人,我就觉得老子在说到自己的"无为"的时候,他有一种自我的欣赏自我的陶醉,他非常陶醉,因为别人都提倡怎么"为",都教给你怎么"为",他告诉你"无为"。从他这些论述当中可以看出来他这个自我陶醉,因为他这些话都非常的美。他不完全现实,完全现实的就不美了,他有那种理想的幻想的想象的成分。

——王蒙《老子十八讲》

当然,王蒙的"无为",也是一种对时间和事情的统筹安排。他认为,要分清楚哪些事情是必须做的,哪些是不需要做的;最重要的不是做什么,而恰恰是不做什么。从大的选择人生路线的方面讲，王蒙认为，人要给自己一个恰当的定位，弄清楚自己适合做什么，不适合做什么。一个人的时间和精力是有限的，需要在有限的时间和精力允许的情况下做出选择和安排，这样才能有效地解决问题。其实，做选择的时候，也是需要一种"无为"心态的。既然做出了选择，就会有所失，我们都是普通人，很难做到事事兼顾，但有失才有得。那些在某件事情上花费一万个小时的人，舍弃了其他机会，因此才有可能在自己关注的领域做到极致，最终获得成功。

在王蒙对《老子》的理解中，有一点令人印象格外深刻，那就是他告诉你的不仅仅是知识，更是一种思考问题的方法。"治大国，若烹小鲜"被王蒙认为是《老子》中"最奇突、最有光泽、最迷人、最令人拍案叫绝的千古名句。有这样一句话，其立言之功已经永垂史册。这是思想与语言的杰作，这是智慧与经验的异彩，这是出人意料的闪电惊雷，这是超常的令人一跳三尺高的命题"[1]。王蒙曾经坦言，就是因为看到了这句话，让他对《老子》产生了更大的兴趣，觉得一部《老子》使自己受用不尽。

对这句话的理解，很多人都是在细枝末节上进行阐释说明，比如烹小鲜不能来回翻动，否则会烂……王蒙认为，对于这句

---

[1] 王蒙. 老子的帮助. 北京：人民文学出版社，2014：251.

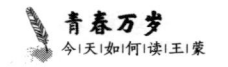

话的理解，不能强调后半句，重要的是前半句，是治国的气度，要有胸怀、有格局。老子本人把治理国家看作一种大智慧和美，王蒙认为这是一种形象思维，一种直观体悟，一个超级发现。换句话说，这就是"举重若轻"。治国很难，自古至今很少有人认为这是轻松、平常的，但是老子却能感受到其中的趣味，体味到其中的"道"。这也是一种自信从容。

奔腾于胸的《庄子》

庄子是中国历史上的奇才,《庄子》这本书则是世界上独一无二的奇书,"是哲学,当然;是散文,是神话,是寓言,是论文"[1]。尤其是,《庄子》一书有"那么多你不认识的字,那么多文句上的歧义,那么多解读兼支支吾吾,或者那么多解读等于吗也没有解,叫做小心翼翼,嗫嗫嚅嚅,用抠抠搜搜小鼻子小眼的心态解读大气磅礴天马行空的《庄子》……也许解释了一两个字,全句全篇却是愈解愈糊涂"[2]。这部书对很多读者来说是有难度的。王蒙说自己读《庄子》也没有充足的知识准备,有的只是多种写作实践、人生经验,特别是在顺境和逆境中的思考。

王蒙说自己年轻的时候读《庄子》,印象最深的就是全书的开头,再往下读,在古汉语上的困难就越来越多,很难读下去。王蒙一遇到庄子,就惊叹于庄子的想象力,充分感受到了那种深不可测的冲击力。

---

[1] 王蒙. 庄子的享受. 北京:人民文学出版社,2014:1.
[2] 同[1].

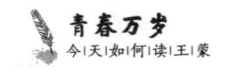

聪明的人重视模仿，王蒙就是如此。在20世纪80年代反响比较强烈的小说中，王蒙至少有两篇作品与庄子明显有关。其中之一是《蝴蝶》，这篇小说曾获第一届全国优秀中篇小说一等奖。另一篇是《在伊犁》系列之七《逍遥游》，此中篇小说直接借用《庄子》第一篇的篇名，形容自己"文革"时期在新疆伊犁的生活状态，极富洒脱的生活寓意。

《蝴蝶》这篇小说的篇名取自《庄子·齐物论》中的一则寓言：庄周梦见自己化身为蝴蝶，欢快地飞翔着，感到非常愉快与惬意，忘记了自己是庄周，突然醒来时才意识到原来自己是庄周，惊惶不已——不知是庄周在梦中变成了蝴蝶，还是蝴蝶梦见自己变成了庄周？庄周与蝴蝶必定是有区别的。小说《蝴蝶》讲了老干部张思远从中华人民共和国成立后到"文革"前，在仕途上一帆风顺，十几岁参加八路军，后步步高升，直做到市委书记。但是突如其来的"文革"横扫一切，他被揪了出来，变成了"走资派"、叛徒，受尽凌辱与折磨，随后被流放到一个遥远偏僻的山村参加农业劳动，接受改造，成为"老张头"。九年之后，"文革"结束，峰回路转，张思远官复原职，随即升任副部长。他回乡看望乡亲们和自己的儿子，在车上忆起前尘往事，"蝴蝶梦"由此展开。他扪心自问：那个曾经在崎岖的山路上背负重担前行的"老张头"与现在的副部长是一个人吗？他是张思远吗？这个情境与"庄生晓梦迷蝴蝶"一模一样。王蒙借用庄子的这个故事展示了那一代人在经历了时代变革洪流后的心理变化,从中多少也可以看到王蒙本人的影子。

陆机在《文赋》中称,"观古今于须臾,抚四海于一瞬",充分表达了作者要具备丰富的想象力。而古典传统经典著作《庄子》则充分体现了这一点。《庄子》中充满了驰骋四海的瑰丽想象,令人读后顿觉海阔天空,心胸开阔。王蒙也不断从《庄子》中汲取营养。《杂色》一文写了下放干部曹千里所骑的一匹马老迈羸弱,但是其体内蕴藏着无限精力,志在千里。终于有一天,曹千里的眼中出现了老马未来的雄姿:"在空荡的、起伏不平的草原上,一匹神骏,一匹龙种,一匹真正的千里马正在向你走来。它原来是那样俊美、强健、威风!它的腿是长长的,踝骨是粗大的,它的后蹄总是踩在前蹄留下的蹄印的前面,它高扬着那骄傲的头颅,抖动着那优美的鬃毛,它迈步又从容,又威武,又大方,它终于来了,来了,身上分明发着光……"[①]这是写马的形态,又是写人的心理——曹千里充满着对美好明天的憧憬。马所走过的路,也是人经历过的路。曹千里浮想联翩:"让我跑一次吧!……我只需要一次,一次机会,让我拿出最大的力量跑一次吧!"他还听到风说:"让它跑!让它跑!"他又看到鹰在天空中展翅飞翔:"我在飞,我在飞!"

---

① 王蒙. 杂色 // 王蒙文集:第 3 卷. 北京:华艺出版社,1993:180.

流水也在为老马求情:"它能,它能……"山谷呼啸:"让它跑!让它飞!"① 从王蒙驰骋四海的想象中能明显看到《庄子》的影子。②

除此之外,王蒙在文风上也受到了《庄子》的影响。《庄子·逍遥游》开篇云:

北冥有鱼,其名为鲲。鲲之大,不知其几千里也。化而为鸟,其名为鹏。鹏之背,不知其几千里也。怒而飞,其翼若垂天之云。是鸟也,海运则将徙于南冥。南冥者,天池也。《齐谐》者,志怪者也。《谐》之言曰:"鹏之徙于南冥也,水击三千里,抟扶摇而上者九万里,去以六月息者也。"野马也,尘埃也,生物之以息相吹也。天之苍苍,其正色邪?其远而无所至极邪?其视下也,亦若是则已矣。且夫水之积也不厚,则其负大舟也无力。覆杯水于坳堂之上,则芥为之舟,置杯焉则胶,水浅而舟大也。风之积也不厚,则其负大翼也无力。故九万里,则风斯在下矣,而后乃今培风;背负青天,而莫之夭阏者,而后乃今将图南。蜩与学鸠笑之曰:"我决起而飞,抢榆枋而止,时则不至,而控于地而已矣,奚以之九万里而南为?"适莽苍者,三餐而反,腹犹果然;适百里者,宿舂粮;适千里者,三月聚

---

① 王蒙. 杂色 // 王蒙文集:第 3 卷. 北京:华艺出版社,1993:157.
② 张啸虎. 王蒙与庄子. 当代作家评论,1985(6).

粮。之二虫又何知!

王蒙的小说《逍遥游》中也随处可见这样的句子,恣意汪洋,令人陶醉不已:

我们看到了一片坡地断崖,这些大概是洪水期,大水泛滥到岸上以后冲刷形成的。高高低低,欲倾未倒,她像是古战场的断垣残壁,充满了力。充满了危险和破坏的痕迹。也充满了忍耐和坚强,那是一种恐怖的、伟大的美。

然后我到了伊犁河边。大水滔滔,不舍昼夜,篝火腾腾,无分天地,阳光普照。金光万点,混浊的水流,飘浮的枯枝败叶,雪白的、倏忽生生灭灭的浪花,河中央的杂生着丛丛野灌木的岛屿,和仍然时不时传来的河岸塌方的轰轰声,还有天上盘桓的鹰,水面展开黄褐色的双翅的野鸭,岸上的油绿而又苗劲的草,以及从对岸察布查尔境内依稀传来的人声畜吼……这一切给了我这样强大的冲击,粗犷而又温柔,幸福而又悲哀,如醉如痴,思吟思歌,化雷化闪,问地问天,也难唱出这祖国的歌、大地母亲的歌、边疆的歌、带有原始的野性而又与我们的人民无比亲密的伊犁河之歌于万一。①

---

① 王蒙. 逍遥游 // 王蒙文集: 第1卷. 北京: 华艺出版社, 1993: 470-471.

进入 21 世纪，王蒙写完《老子的帮助》后，再度深刻领悟《庄子》，写出了《庄子的享受》《庄子的奔腾》两部作品。

王蒙认为庄子思考问题总是能一把抓住问题的重点，一下子就提到最高的境界："吾生也有涯，而知也无涯。以有涯随无涯，殆已；已而为知者，殆而已矣！"意思是我们的生命是有限的，而知识和智慧是无穷的，用有限的生命来追求无限的知识，这不是荒唐的吗？既然已经知道了是荒唐的，还是去追求，难道不是更荒唐吗？王蒙用幽默的话说，这是"认怂的哲学"。退一步海阔天空，避其锋芒，保存有生力量，这也是老庄的核心思想之一。同时，还要注意顺应天命，"缘督以为经"，遵循自然规律。

王蒙对《庄子·内篇》的解读大多是循着《庄子》驰骋的想象力，来阐释它的意思。王蒙认为庄子的思维一直在跳跃，但是跳跃中又含有内在的逻辑，不是杂乱无章的，所以读来是种享受。王蒙在解读《庄子·外篇》时，则认为此时他不是与庄子这个天才对话，而是与庄子的传承者对话。外篇当中各种思想庞杂，他曾说："尽管对外篇的来历与著者有不同的说法，其内容与文字仍然是极有兴味与深度的，是值得为之写一本或不止一本书的。"[1]

---

[1] 王蒙. 庄子的快活. 北京：人民文学出版社，2014：405.

第四章 传统经典觅人生

汲取孔孟智慧

　　王蒙初接触孔子及《论语》，是在少年时期。中国的传统教育与孔子及其思想密切相关，无论是教导学习的"学而不思则罔，思而不学则殆"，还是"学而时习之，不亦说乎"，这些我们耳熟能详的句子都出自《论语》。而他开始解读《论语》是在2013年到2014年。当时，他已经解读完了《老子》《庄子》《红楼梦》《孟子》等，年近80岁，写下了《天下归仁：王蒙说〈论语〉》。他带着近80年的人生感悟来研读《论语》和孔子，不能不有新的感触。

　　王蒙解读《红楼梦》《老子》《庄子》，主要是从人生感悟的角度来分析；而在解读《论语》时，他不仅基于自身的人生阅历和感悟，还站在中华文化、中华文明的高度来分析。"中华文化传统的形成离不开孔子，离不开儒学，离不开与儒学共生互争互补的先秦诸子百家以及数千年来没有停止过的对于儒学的陈陈相因、时有闪光的解读和论争……中华传统文化的格局奠定于东周时期，兹后两千多年，到鸦片战争发生，没有根本性的变化。"[1]这是王蒙对中华传统文化的总体性认知。中华传统文化延续了几千年,依然具有旺盛的生命力,其中缘由值得我们思考。

"孔子年代,天下大乱,中央政权式微,五霸之类诸侯国家纵横捭阖、血腥争斗、计谋策略、阴阳虚实、会盟火并,眼花缭乱。各诸侯国权力系统、思想战线,围绕着争权夺利打转。失范状态造成了民不聊生的痛苦,但也造成了群雄并起与百家争鸣的政治、军事、思想、文化,竞相争奇、碰撞火花的无比兴盛。"[2]王蒙在分析《论语》的社会背景时如是说。那孔子是主张争斗、权术和暴力,还是相反?孔子认为,周文王去世后,斯文不存。上天如不欲令其灭绝,就会延续文脉,而孔子则是斯文的继承者。"他认为能够带来幸福与光明的只有道德文化"[3],而社会秩序的好坏关键在于人心,在于是否讲究仁德。仁德来自上天的启示,正如《中庸》中所说:"天命之谓性,率性之谓道,修道之谓教。"王蒙显然意识到了这一点,他指出孔子所说的仁德就是民心所向。而这正与我们今天所提倡的以德治国、以文治国、以礼治国、政治文明、斯文济世相

---

[1] 王蒙. 斯文济世,天下归仁//王蒙散文. 北京:人民文学出版社,2022:283.

[2] 同[1].

[3] 同[1] 284.

第四章
传统经典觅人生

通相连。从这个角度看,古代的治国道理与今天的治国道理是相通的。

在《天下归仁:王蒙说〈论语〉》中,王蒙以自身的体悟说出了他读《老子》《庄子》《孟子》与《论语》时所感受到的差别。《老子》开篇就是"道可道,非常道",让人觉得高不可攀。《庄子》一上来就炫人耳目,让人思维驰骋千里。《孟子》一上来则是对梁惠王讲义利之辨,势不可当。但是,《论语》一上来就用贴近生活、贴近大众、贴近实际的方式说了三件事:"子曰:学而时习之,不亦说乎?有朋自远方来,不亦乐乎?人不知而不愠,不亦君子乎?"学习经常温习实践、朋友从远方来、人不了解自己而不生气,就是普普通通的三件事情。而大道理往往就体现在日常生活中,体现在小事上。很多人都会讲大道理,但真正难的其实是把一件件小事做好。王蒙的这些体悟对我们每个人都很有启发性。

王蒙最初读《孟子》也是在小学时期,此后在其相关的著作中都没有专门研读《孟子》的记录。直到2015年出版《天下归仁:王蒙说〈论语〉》,2016年又出版了《得民心 得天下:王蒙说〈孟子〉》。王蒙解读《孟子》时,是从人性、民心、天意和精英主义这四个方面来进行的。在历史上,孔子被称为"大成至圣先师",孟子被称为"亚圣",地位仅次于孔子,是儒家学派的代表人物之一。王蒙指出,孔子说话不过激,让人听着

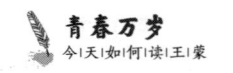

舒服；而孟子一开始就说"何必曰利？亦有仁义而已矣"，树起了义利之辨的大旗，含有舍生取义的壮烈。孟子的不妥协性、尖锐性与彻底性振聋发聩。①

这里的"义"不是我们平常所说的义气，而是指大道理。"用今天的话来说就是不能用原则做交易，小道理必须服从大道理。"孟子特别强调家国天下，特别强调义利势不两立，争利就会天下大乱。举个例子，今天我们强调爱国这条大原则，任何时候都不能损害国家利益，这条原则是不能变的，也是不能拿其他条件来交换的。同样，孟子旗帜鲜明地突出了"义"这一点，让人顿时感受到他的坚强人格，浩大光耀，令人肃然起敬，用一句通俗的话说就是"浩然正气"。

王蒙曾感叹："两千多年前的孟轲，今天仍然是有启发有意义。他很有个性，他善于辩论，他文思纵横而且大义凛然，他将修身齐家治国平天下诸问题讲得通透贯穿，同时表达了足够的处世的聪明与应对的机敏。初读《孟子》，对他的大言雄辩夸张横空举例不无距离感，再读三读，渐渐感觉到了孟轲的智慧与可爱。"②

---

① 王蒙．人性·民心·天意·精英主义//严家炎，温奉桥．王蒙研究：第4辑．青岛：中国海洋大学出版社，2018：11．

② 同①19．

【我来品说】

> 1. 你认为王蒙是怎样读中国古代传统经典的？谈谈你对王蒙读书方法的见解。
> 2. 你读过《红楼梦》《老子》《庄子》《论语》《孟子》这些传统经典著作吗？书中有哪些成语和名言警句令你印象深刻？

第五章 读书万卷终有径

> **导读**
>
> 王蒙的一生是读书的一生、写作的一生和学习的一生,正是这些重要的事情,陪伴着王蒙以一个作家、学者的身份,孜孜不倦地学习着,创作着……他经历了怎样的一番读书求学经历,怎样的道路和经验让他成为今天这个充满了复杂性的王蒙?在读书、学习和治学的方面,他又有怎样的成功法则与秘诀?本章将试图带大家找到王蒙能够不断获得成功的"钥匙"。

早年读书经历

王蒙儿时在北京的香山慈幼院幼稚（幼儿）园学习了两年，小学则进入北师附小，北师就是当时的北京师范学校（中专）。上小学的时候，王蒙还差一个多月满六岁，虽然年纪不大，但在一年级两个学期的期末考试中，王蒙都取得了第三名的好成绩。

上了二年级，王蒙的写作才能开始崭露头角，他在作文和造句方面显示出了不一样的才华。这自然得到了老师们的欣赏。一位叫华霞菱的老师对王蒙很是喜爱。王蒙在回忆录中记录了当时的几件小事，比如有一次，华老师带他去参加全市运动会开幕式，在路上请他到一家糕点店里喝油茶，吃酥皮点心。这样的事情对于幼小的王蒙来说，是人生当中非常重要的体验，他把这一段经历写在了《青春万岁》当中。多年后，王蒙还清楚地记得华老师对他的恩情。

小学二年级，王蒙的考试成绩次次都斩获全班第一。在小学三年级，王蒙获得了第一次参加演讲比赛的机会，题目是

《怎样做一个好学生》，内容是如何做到身体好、品行好和功课好。这次演讲比赛对王蒙最大的意义在于他有机会站上讲台。王蒙在回忆这一段时光的时候，说："我的妈！底下那么多脑袋，那么多黑头发和黑眼珠。我想成败在此一举，我必须控制自己，大声宣读讲稿，我做到了这一点，至少在发声方面取得了胜利。"[①] 此后，王蒙在公众场合说话基本上都不犯怵了。

1945年的夏季，王蒙做了一个重要的决定：跳班考中学。王蒙自小就是一个实干家。他在看到丰子恺先生的一幅漫画时得到了灵感：漫画中画了三四个孩子绑住腿一起走路，走得快的孩子被走得慢的孩子们拖得无法前行。自信的王蒙就执着地认定，自己便是那个走得快的孩子。王蒙原本想选择离家近的祖家街街口市立（男）三中，可到了报名窗口才知道，需要小学毕业证书，王蒙没有，便只好选择去考以教会伦敦会为依托的私立的"平民中学"（现北京市第四十一中学）。王蒙轻松就被录取了。在后来上学的过程中，王蒙依旧保持了年年考第一的"神勇"状态。

抗日战争胜利后，有一天，王蒙的父亲带了一位叫李新的客人回家。这也是王蒙遇见的第一位共产党人。当时，国、共、美国三方组成了"军事调处执行部"，正在协调国、共停战事

[①] 王蒙. 我的人生笔记. 长春：时代文艺出版社，2008：26.

宜，当时驻北京（平）的共方首席代表是叶剑英将军，而"李新同志似是在叶将军身边工作"①。他的到来对幼年的王蒙在思想上产生了巨大的影响。针对王蒙与姐姐之间的口角，李新告诉王蒙要懂得批评与自我批评。有一次，王蒙准备参加北京市中学生演讲比赛，李新告诉王蒙关于"三民主义"与"四大自由"的要求还没有达到。李新的雄辩和他全新的思考，以及他充满了真理的自信，都在王蒙幼小的心灵里埋下了种子。

童年的王蒙发现，抗日胜利之后，在他满怀热情地迎来"国军""美军"之后，人们的生活并没有发生什么变化，贫穷的人们依旧那样贫穷，他们的生计依然没有改变，甚至还有一家四口服毒自杀的新闻，以及"美军车横冲直撞每天轧死多人"的报道。②他所见到的一系列真实的景象，让他发现，抗日战争的胜利并没有改变现实世界里的贫穷，贪官污吏依旧横行，到处都还呈现着"朱门酒肉臭，路有冻死骨"的景象。对这些景象充满憎恶的王蒙感受到了"打土豪，分田地"的必要。

上学时代的王蒙就开始了他的文学阅读之旅。童年的他读了安徒生童话和格林童话，像《卖火柴的小女孩》《活命水》《灰姑娘》《快乐的王子》《稻草人》《大克劳斯与小克劳斯》《白雪公主》都给他留下了深刻的印象。令他记忆尤为深刻的是里面的

---

① 王蒙．我的人生笔记．北京：时代文艺出版社，2008：29.
② 同①．

不公平现象，以及许多美丽、善良、诚实的人依然在受苦受累。后来，长大了些的他又读了鲁迅的《雪》《好的故事》和《风筝》，巴金的《家》，曹禺的《日出》，茅盾的《子夜》与《腐蚀》，等等。大量的阅读让王蒙一方面不断拓展了自己的视野，更深一步地了解了社会现实，另一方面让他感觉到革命的重要性。王蒙隐隐地感觉到，还有一场重要的革命风暴即将到来。

此时的王蒙再次显示了作为一名作家的敏感性，他发现了国民党人与共产党人的显著区别。他感觉到一个政权最终的走向，都隐藏在了语言文字中间。他曾说，当时接到过学校的命令，让他们去听市社会局局长温某某的讲话，他早已经记不清讲话的内容，但是那个官员的官腔官调、装腔作势以及表达上的文理不通，都给他留下了很深的印象。特别是，温某某的形象与共产党人李新的形象形成了极为鲜明的对比。李新同志给人以充满理想、充满希望、信心满满、侃侃而谈、润物启智、真理在手的感觉。一个新生的形象和一个即将走向腐朽的形象的对比，实在是太鲜明了！

1948年，王蒙初中毕业，获得了他人生中唯一的文凭。初中毕业之后，王蒙选择了报考北京市第四中学与河北高中（简称冀高）。聪颖的王蒙非常顺利地通过了这两所学校的录取考试，不过，由于受到早期的革命思想的感染，王蒙最终决定放弃四中，而选择冀高，原因就在于他认为冀高有着非常好的革命传统。果然,在王蒙进入冀高之后不久,负责冀高共产党工作的刘枫同志表示愿意介绍王蒙入党。这一方面让王蒙感到意外,另一方面也让他满心激动,因为这于他来说原本是遥不可及的事情。在他眼中,如《钢铁是怎样炼成的》的主人公保尔·柯察金这样的人,身经百战,是大无畏的英雄,才是真正的共产党员,而自己似乎和党员之间还有很大的差距。这一刻,王蒙有一些"惶惑"。

不过,王蒙当时感到了"革命的圣火的燃烧,已经不容惶惑,已经不容退缩,已经不容怀疑斟酌,号角已经吹响,冲锋已经开始,我只能向前向前再向前"[1]。这一时期,王蒙阅读了一些马克思主义的册子,研读了毛泽东同志的著作,还阅读了不少革命文艺作品,诸如《论联合政府》《社会发展史纲》《大众哲学》《白毛女》《李有才板话》《士敏土》《铁流》等,都对他的思想产生了巨大的冲击。正是在这样的情绪涌动和催化之下,1948年10月10日,还差5天才满14岁的王蒙加入了中国共产党,成为地下组织的一名成员。

成为党员的王蒙,在接受了一些来自左翼的、革命的思想之后,在阅读文学作品时受到了深深的影响。他读了作家徐訏的小说,尤其是读了《吉卜赛的诱惑》《鬼恋》《风萧萧》等,

---

[1] 王蒙. 我的人生笔记. 长春:时代文艺出版社,2008:33.

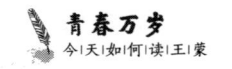

感觉写得非常吸引人；不过作为一名共产党员来看徐訏的作品，会感觉其中存在着许多空虚幻想、小资情调、无病呻吟以及装腔作势的内容。

1949年1月底，北平和平解放，王蒙成为当时新民主主义青年团北平市工委的一名干部。8月，他去了中央团校二期学习。1950年5月，在中央团校学习期满后，王蒙被分配到新民主主义青年团北京市第三区（后改为东四区）工作委员会。王蒙先是担任干事一职，一直到1956年成为副书记。

这一段时期，王蒙把自己的业余时间几乎都用在了阅读上。他读了爱伦堡的《巴黎的陷落》《暴风雨》和《巨浪》，还读了托尔斯泰的《安娜·卡列尼娜》，以及屠格涅夫、陀思妥耶夫斯基的作品，这些作品给王蒙带来了震撼。王蒙逐渐喜欢上了契诃夫，法捷耶夫的《青年近卫军》也带给他很多启发。在这些读书经历中，苏联作家安东诺夫的小说《第一个职务》对王蒙影响很大。这篇小说写的是一名刚刚毕业的学建筑的女大学生妮娜，在巨大的建筑工地上所遇到的艰难与勇敢、眼泪与欢笑的故事。这样一篇作品，让王蒙对建筑工地充满了向往，他一度特别想学建筑，想要投身建设第一线。王蒙读的书还有尼古拉耶娃的《收获》、巴巴耶夫斯基的《光明普照大地》和杜鹏程的《保卫延安》。杜鹏程后来写的《在和平的日子里》也让王蒙激动不已。在阅读了赵树理的小说《三里湾》后，他非常敬佩赵树理对群众化语言的运用,以及他对中国北方农村的人情世故的洞察和表现。

赵树理(1906—1970),原名赵树礼,笔名野小,山西沁水人,著名作家。1925年考入山西省立长治第四师范学校,受到五四新思潮影响,后来接触到新文学。1936年任上党乡村师范学校语文教师,后又参加了山西牺牲救国同盟会。1939年开始担任《黄河日报》《抗战生活》《中国人》等报刊的编辑,后担任华北新华书店编辑、《新大众》报编辑。新中国成立后,担任《说说唱唱》《曲艺》主编,任中国文联常务委员、中国作家协会理事、中国曲艺家协会主席等职。

赵树理在1943年发表了成名作《小二黑结婚》,后来又发表了中篇小说《李有才板话》,取得了巨大的反响。此后又发表了一系列的作品《李家庄的变迁》《邪不压正》等有影响力的作品。后来的长篇小说《三里湾》成书于1955年,是一部反映农业合作化运动的优秀作品,描写了王金生、范登高、马多寿、袁天成四个家庭的矛盾与冲突。他的作品大多以农村的生活故事以及一些社会变革作为主要内容,塑造了许多性格鲜明的新型农民形象。此外,他的小说作品情景生动,语言质朴风趣,具有新颖独特的大众风格。

在一边大量地阅读文学作品，一边开展现实工作的过程中，王蒙渐渐地发现了自己的知识积累还非常有限，希望继续学习，甚至一度找来了高中各科的课本来自学。青年时代的王蒙充满了激情，希望投入到水深火热的生活之中，用自己的知识来改变命运、改变社会。因此，他希望拥有更多的知识和更大的学问，成就更为宏伟的事业。

恰在此时，王蒙在《译文》（即现在的《世界文学》）上读到了爱伦堡的一篇文章。这篇文章写得非常精彩，谈到了文学创作的魅力所在，阐述了文学的美丽与神奇，如同醍醐灌顶一般让王蒙感动不已。也就在这个时候，王蒙产生了对作家这个职业的无限向往。作家可以设计一个全新的世界，可以编织美丽、美好，这里面充满了神秘、想象、激情和朦胧。关于写作的念头就这样钻进了王蒙的脑海——不仅仅是钻进了脑海，王蒙觉得这个事情是可以做的，他对自己的文笔颇有信心，而且对于写作也充满了喜爱，他还有过那么多的生活体验与革命体验。

大量的文学阅读对于灵魂的冲击，让王蒙决定开始文学创作。从1953年11月起，王蒙开始了《青春万岁》的创作。不久，他的短篇小说《小豆儿》在《人民文学》上刊登出来。从此，王蒙开启了他的文坛生涯。

读书学习的经验与方法

王蒙一路走来，获得了多方面的成功，其中有一点是非常重要的，那就是他在读书与学习方面有着自己独到的经验与方法。如何读书？怎样学习？怎么提高效率？如何从读书与学习中获取养分？对此，王蒙有着独特的见解和诀窍，这些也是王蒙重要的人生智慧。

首先，我们来看一下王蒙的读书经验。他在作品中对此进行了分享。

第一点，就是读书要趁早。关于趁早，有两层意思：一方面是人在青少年时期，一定要大量读书。王蒙读的很多书都是他在年少时期阅读的，比如《唐诗三百首》《千家诗》《老子》《庄子》，还有大量的爱心教育书、童话故事书，以及后来的辩证唯物主义、历史唯物主义著作……大量的种类繁多的书都是他在年轻时读的。另一方面，王蒙认为读书要读"超前"的书，给自己"加码"。所谓读"超前"的书，就是指要读有一定难度的书，比如第一次读的时候，只能读懂30%～40%，在阅读中

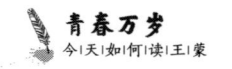

经过一番琢磨就有可能读懂 50%～60%，然后再来回翻阅重读，差不多就能读懂 80%～90% 了。王蒙说他有许多书都是这样读过来的，这些书有一定的超前性，是给自己的挑战。这虽然是一种加压，但给自己带来的成长和驱动也是惊人的。

比如，王蒙曾说他小时候就读过《大学》，也会背："大学之道，在明明德，在亲民，在止于至善。知止而后有定，定而后能静，静而后能安，安而后能虑，虑而后能得……"王蒙说当时自己也不太懂，但不懂没有关系，按照"超前"的观点，先把内容都背下来再说。

第二点，是"爱书""释书""疑书"。这个三个关键词是具有递进关系的。"爱书"自然不必多说，只有真正地爱书，才有可能对书产生情感，对知识充满尊重。不过"爱"也不该是盲目的。

谈到"释书"，王蒙曾说，他最喜欢的老子说过的审美性语言是"治大国，若烹小鲜"。"烹小鲜"即烹饪小鱼，治理大国就好像熬一锅小鱼那样。关于这一句话，有多种多样的解释，历代学者有两种主流的观点：一种是，它既然是小鱼，那就少折腾些，火力要小一些，也不要来回地搅动小鱼。否则，猛火加上搅动，那些小鱼就都被弄碎了。另一种意见则认为，小鲜太小了，受到的火力就不容易均匀，因此需要不停地调整与搅拌，这样才能够熬得好。王蒙却觉得："多搅拌也好，少搅拌也罢,老子的这番话可真是太绝了,简直是妙不可言!……表达的含义是:越是在一个非常严重、非常艰巨的任务当中,就越要保持一种平稳、从容的心态。老子讲的就是一种精神状态,一种自信、一种把握,而反对的就是一种慌张、一种窘迫、一种张扬。"①

1994年,山西有一家出版社出版了一本名为《第三只眼看中国》的书。王蒙发现这本书的作者署名是"〔德〕洛伊宁格尔",根据经验,这本书上应该有德文的原书书名,但实际版权页上并没有原书书名,同时也找不到任何对其版权的说明。不过,书上还是郑重介绍:洛伊宁格尔是德国著名的汉学家。王蒙随后找了不少德国的汉学家朋友请教和咨询,最终发现根本没有这个人,这压根儿就是一本伪书,是中国人冒充德国人的名义写的。这就是"疑书"。

第三点就是举一反三,多向思维。在这一点上,王蒙的人生智慧、社会阅历以及庞杂的阅读实现了很好的融通,让他的社会知识与书本知识之间达到了一种触类旁通和融会贯通的效果。王蒙曾针对这一点表达了他的思考:"在读书的时候,能从这本书想到那本书,再联想到毫不相干的又一本书,还真算是一大乐趣。这种感觉就好比是旅游的时候从一个景点逛到

---

① 王蒙. 诗酒趁年华:王蒙谈读书与写作. 北京:商务印书馆,2016:30.

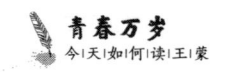

了另一个景点，从豫园逛到了七宝街，从七宝街又逛到了灵隐寺……"①

第四点，读书与生活的互相发现。王蒙认为："读书最大的吸引力就在于，通过书来发现世界，发现生活，发现人生；同时，通过实际生活又能够发现书本。"②毕竟，真正的生活来自阅历，真正的好书也来自社会，如果仅仅困在书本中，就字论字，很多事情就无法弄清楚。

第五点，王蒙认为读书需要创造性地读。所谓创造性地，就是不是按照书本本身的字词句，被书牵着鼻子走，而是能够根据自己的人生经验、人生想法，从书当中发现、发掘养料，与书的作者共同创造出一个拥有阅读情境的世界。

其次，我们来了解一下王蒙的学习经验。王蒙曾说，读书就是学习，而他高中一年级就离开了学校，在此后的人生长河中，一切都是靠自学。正是自学帮助王蒙获得了成功，最终成为一名著名作家，成为新中国的文化部部长。对于我们青年学生来说，王蒙的学习经验是非常宝贵的人生财富。按照王蒙的观点来看，学习是绝对的，学习是他一辈子都无法割舍的最重要事情之一，什么时候、什么条件下，都是可以学习的。有

---

① 王蒙．诗酒趁年华：王蒙谈读书与写作．北京：商务印书馆，2016：39．

② 同①．

书可以学习，没有书也可以学习；身体好的时候可以学习，躺在病榻上同样可以学习。

【经典品读】

王蒙谈读书与写作

读书的亮点在于照亮生活，生活的亮点包括积累智慧与学问。生活与读书是互见、互证、互相照耀的关系。书没有生活那么丰富，但是应该更集中了光照与穿透的能力。

我们如果养成了一个"爱书、释书、疑书，多向思维、触类旁通"的习惯，就会像读书一样读生活，读阅历，读社会，读世界，读春夏秋冬，读荣辱盛衰，读悲欢离合。

我个人读书的方法，……是一种经验主义的方法，是一种审美感悟的方法，是一种用自己的实际感受、经验来衡量、审度的方法。

读书是不能替代的，不能用上网替代，不能用看DVD

> 替代，不能用敲键盘替代，甚至也不能用手机和电子书来替代。正是最普通的纸质书，……表达了思想的魅力，表达了思想的安宁，表达了思想的专注，表达了思想的一贯。
>
> ——王蒙《诗酒趁年华：王蒙谈读书与写作》

对王蒙来说，学习最可贵之处，在于学习可以给人生带来巨大的快乐。他曾经说："当你冥思苦想人生的一个问题，翻译上的一个问题，一道数学证明或做图题，当你做了几十几百次实验都没有取得你坚信必然会取得的那个成果的时候，四顾茫茫，杳无踪迹，上下求索，左右碰壁，奔突疲惫，几近绝望。"[1] 如果突然获得了一些启发，就会醍醐灌顶，在刹那间获得一种巨大的快乐，这种快乐就像："八面来风，春雨滋润，九重宫阙，豁然贯通，一通百通，一顺百顺，天光明艳，智光如电，于是得心应手，俯拾即是，势如破竹，气如长虹，潇洒飞扬，意气风发，浑然一体，无不了悟，这是何等地快乐！"[2]

当年，王蒙一家人去了新疆，到新疆后王蒙就决定要学习维吾尔语。他首先找到了解放初期新疆的行政干部学校的课

---

[1] 王蒙. 我的人生哲学. 北京：人民文学出版社，2014：26.
[2] 同①27.

第五章 读书万卷终有径

本，就在这本课本上，王蒙学到了维吾尔语的字母、发音、书写，以及一些词、句和对话。此外，王蒙还找来了《中国语文》20世纪60年代时的一期杂志，这一期上有中国科学院哲学社会科学部民族研究所朱志宁研究员的一篇文章《维吾尔语简介》。这一篇文章王蒙不知读了多少遍，他每学一段，就用一段，再从头翻阅一遍朱志宁研究员的文章。有时候，王蒙听到了维吾尔农民的说法，发现自己没有听过，他就赶紧找出这篇文章阅读。他学到的很多语法规则、变化规则、发音规则、构词规则以及词汇的起源，都来源于对这篇文章的阅读。

王蒙在学过维吾尔语之后，又决定学英语。有一次，一个比王蒙年轻许多的作家看到王蒙可以用英语与人交流，羡慕地叹息道："老王你的战略部署是正确的，应该学习英语！"王蒙

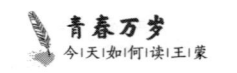

说,好啊,快快学吧。可是,这位作家竟然说:"我老了。"然而,王蒙实际上真正开始学英语时已经46岁。他在1945年到1948年上初中的时候学过英语,那时候一周有五节英语课,每节课有50分钟(后来是每节课45分钟)。新中国成立后,王蒙就再也没有学过英语了,他早早地中断了学业,参加了工作。因此,直到他46岁第一次去美国的时候,也只认识26个字母,以及说出"good bye"与"thank you"。王蒙回忆起1980年8月底自旧金山转机的往事,他当时拿到登机牌,竟不知道要走哪一个通道,这给了他很大的刺激。从46岁的"大龄"开始,王蒙给自己规定了硬指标,每天必须记30个单词。

贾平凹先生有一个有名的说法,叫作"我是农民",而王蒙则说"我是学生"。王蒙的正式学历只有高中一年级肄业,然而,他从来没有停止过学习,曾自谦地说,每个人都是我的老师,每个地方都是我的课堂,每个时间都是我的学期。在新疆的日子里,他也在坚持学习,用维吾尔语背诵了《纪念白求恩》《为人民服务》《愚公移山》,还背诵了许多毛主席的语录。有一次他在大声朗读《纪念白求恩》一文的时候,由于读得太字正腔圆了,以至于房东老大娘以为是广播电台在播音。

王蒙对读书学习有着自己独特的感悟。他曾说,有时人就是在身处逆境的时候,学习的条件是最好的,心也是最专的。人在顺境时特别容易浮躁,周围往往会有各种朋友、跟随者、慕名者、请教者，越是在这样的情况下，人越是容易忙于说话、写字、发表意见、教授别人，很容易做好为人师的事。而在逆境之中，来找的人少了，应酬也少了很多，此时恰恰是不受干扰的求学良机，是思考的时机，也是总结经验的好时候。

【我来品说】

> 1. 你认为王蒙读书的经验有哪些方面值得我们借鉴？
>
> 2. 结合你自身的情况，谈谈你对读书和学习的理解，思考一下王蒙的读书与学习经验给了你哪些启发。

第六章 钟爱文学与创作

> **导读**
>
> 王蒙这一生，是革命的一生，更是文学的一生。从他与文学结下不解之缘到对文学痴迷，进而开始文学创作，在这个过程中，他的人生遭际不断变化，工作岗位不断调整，唯有对于文学的热情和创作从未动摇。从青年时代开始，王蒙的创作就显示出了令人惊讶的才华，并且始终与新中国的文学同步而行。如今，人到老年，他的创作还在不断迸发出新的活力。究竟是一种什么样的缘分抑或力量，在背后推动着他呢？

第六章
钟爱文学与创作

创作经验与门径

文学，的确是一个神奇的东西。它由文字符号组成，与纸质等载体结合之后，产生了小说、诗歌、童话，而这些看似无形的东西，却对人类产生了无法估量的影响。无数人因为文学改变了思想，改变了人生，改变了梦想。而一代又一代的经典文学作品，在不断的流传和转化的过程中，依然发挥着难以估量的巨大影响。

王蒙就与文学结下了不解之缘。他在《译文》上读到了爱伦堡的《谈作家的工作》，这篇作品的文字优美，如诗如歌，特别是将文学创作的美丽和神奇写得出神入化。这篇文章让王蒙激动得"喘不过气"。作家的工作是那么美好，"创造、构思、风格、设计、夸张、灵感、激情、个性、想象、神秘、虚构、朦胧……文学是真正的永远，文学比事业还要永久"[1]。如果说作家这个概念对于青少年时代的王蒙来说还有些神秘和遥远，那

---

[1] 王蒙. 我的人生笔记. 长春：时代文艺出版社，2008：44.

么这段时期王蒙在作文上经常崭露头角的经历，直接给他的创作人生埋下了重要的伏笔。

很久以前，王蒙对于自己的创作能力就有着超乎寻常的信心。他自己能明显地感受到，他是爱文学的，并且自己的文笔不错，这在他小的时候就体现出来了。他上小学二年级的时候，老师让同学们造句，王蒙用注音符号造了一个很长的句子——因为里面有很多的字他还不会写。他生平的第一个句子是这样的："下学时候，我看到妹妹正在浇花呢，我很高兴，因为她从小就不懒惰……"[1]

处于文学阅读痴迷过程中的王蒙，心里突然如闪电般蹿出了一个想法：如果我来写一部小说，而且是一部长篇小说呢？……这虽然仅仅是一个想法，却让他无比激动，心跳加速。这样一个想法，后来成了王蒙一生的追求。王蒙对自己童年的写作能力，以及他所经历的各种人生体验充满自信。有了这样的想法之后，他常常以一个作家的视角重新阅读和审视作品。他发现，并非所有的作品都创作得很好。比如，他感觉苏联作家笔下的中学生文学往往是按照儿童文学的题材来开发的；他还感觉苏联作家写大学生的小说《大学生》以及《三个穿灰大衣的人》等作品，都显得"太孩子气"。

---

[1] 王蒙. 我的人生笔记. 长春：时代文艺出版社，2008：45.

第六章 钟爱文学与创作

王蒙对创作有信心,因为他感觉自己的丰富经历可以让他写出独一无二的作品,创作的内容范围可以包括从旧社会到新社会、从少年时期到青年时期、从黑暗到光明、从束缚到自由……要进行文学创作的念头始终萦绕在王蒙的心头,这种念头对于一个准备成为作家的人来说特别重要。王蒙说,当年的这个念头让他"如醉如痴、如疯如狂、如神仙如烈士"。王蒙也曾满怀自豪地说起:"敢于做出重大的决定,这不正是小小王蒙的特色吗?十四岁的时候敢于加入地下的中国共产党,十五岁的时候敢于退学当干部,十八岁的时候敢于如火如荼地追求自己心爱的女孩,十九岁的时候就不敢拿起笔来写一部长篇小说吗?"[1]

王蒙的创作生涯从给《中国青年报》写一篇关于团组织生活的文章开始。然而,刚刚开启的创作生涯对他来说充满了挫折:这篇文章他改了五六遍,直改得头晕眼花。后来他又写了一些其他方面的文章,可是投稿之后都被退了回来。1955年,王蒙终于在《人民文学》杂志上发表了短篇小说《小豆儿》,这是王蒙人生中第一次发表作品。很快,1956年,他又接连发表了短篇小说《春节》《组织部来了个年轻人》《冬雨》等。不过,王蒙真正意义上的第一部小说还是长篇的《青春万岁》。虽然王

---

[1] 王蒙. 我的人生笔记. 长春:时代文艺出版社,2008:45.

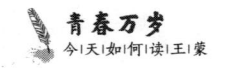

蒙明白一个作家的成长往往是从短小的作品开始的，再慢慢地写长篇，不过激情万丈的王蒙却觉得，短篇的分量太轻了。王蒙决定要写长篇，但是他遇到了困难："最大的苦恼在于结构，而相反，种种情节片断、生活细节、情绪抒发、人物性格、生活场景，写起来似乎倒还自然而且丰富。可是怎么把这些片片断断的东西连结在一起呢？仅仅在纸上画结构表就画了不知多少次，越画越觉得千头万绪，头昏脑涨，脑袋简直要爆炸。"①

少年儿童在阅读《小豆儿》。

可见，王蒙最初的写作也并不是一帆风顺的，甚至充满了挫折，也经历了投稿失败。那王蒙是如何成为文学创作的大家的？他是如何走到这一步的？他怎样挖掘了自己的写作潜力，又是如何发现和找到创作门径的呢？

---

① 王蒙. 论文学与创作：下. 北京：人民文学出版社，2014：76.

第六章
钟爱文学与创作

我们来看一下王蒙的第一部长篇小说《青春万岁》。他曾说，在这一部作品的创作中，他感受到了一种兴奋，同时也感到特别艰难。"光在哪里，影在哪里，人在哪里，物在哪里，时间何点，空间何处，季节怎样运行，悲欢怎样交替，生杀予夺，祸福通塞，起承转合，哭笑开阖，机遇灾变，全权在我。"[1] 他惊讶地发现了自己掌握着巨大的权力，认为写作需要一种当"领导人"的品质："胸襟、境界、才能和手段。领导艺术，小说艺术，作为艺术它们有相通处。你需要统筹兼顾，心揽全局。你不能顾此失彼，以其昏昏，使人昭昭。你需要知人善任，恰逢其会，你不能张冠李戴，乔太守乱点鸳鸯谱。你需要胸有成竹，举止有定，你不能任意胡掭。"[2] 写大部头作品的感觉与领导工作如此之相似，以至于王蒙都产生过怀疑：一个从来没有做过领导、做过组织工作的人，能否很好地驾驭长篇小说？

王蒙在大量的创作过程中，积累了属于自己的一些重要的创作经验。比如涉及人物的写法，最重要的是把人给写"活"了。也就是说，赋予自己笔下的人物以鲜活的生命，就是要"入乎其内"。王蒙曾解释，这说的就是作者必须钻到自己创作的人物的心里去，化身为自己的人物，以自己笔下的人物的视角来看世界，甚至于要"用他的姿态走路，必须深深地浸沉在

---

[1] 王蒙. 我的人生笔记. 长春：时代文艺出版社，2008：48.
[2] 同① 48-49.

自己的人物所构成的环境、气氛里，夜晚要和他们谈话，早起要向他们问好，梦中要会见他们，离别他们久了（搁笔久了）要想念他们"[1]。

还有一个，叫"出乎其外"，就是既要能进入人物的内心，又要能跳出这个人物，站在局外重新审视这个人物。要比笔下的人物更清醒，也要站得比笔下的人物更高。"不轻易因为某些人物的失败而绝望，不轻易被某些人物的眼泪所迷惑，不轻易为某些人物的威风所震慑。"[2]作家要能走得进，又能走得出，才能驾驭好这些人物。

并不是说笔下的世界和人物是你创造出来的，就一切都会听你的。如果没有一定的能力，当好"管理者"和"驾驭者"，那么就算整个笔下的世界都是你创造的，你也可能最后会"束手无策"。甚至，作家会被自己笔下的某个人物悄悄地左右，"那人物本来是你创造的，然而他俘虏了你"[3]。

小说当中最重要的是人物塑造，可是一切小说，乃至一切文本的诞生，都起源于作者的行动，行动的第一要务就是下笔（当然，在当今时代，也可以是敲击键盘）。王蒙专门写了一篇《当你拿起笔……》来分享自己的写作体验与个人经验。只有

---

[1] 王蒙. 论文学与创作：上. 北京：人民文学出版社，2014：266.
[2] 同[1].
[3] 同[1].

"当你拿起笔",文学创作才能真正地启动。无论你在此之前想得多么天花乱坠,最终只有下笔,才是创作的开始。

然而,对于很多人来说,他们在拿起笔之后,往往百感交集,却头脑空白,感到无从下笔。原本想得特别美妙的内容,在下笔的那一刻有可能忽然消失。但是既然拿起了笔,就说明"你激动,你感到一种强有力的冲激"[1],另外,"你还受到你自己的感情的冲击"[2]。此时,你需要有一定的积累,"你总应该努力做一个崇高的人,你的身心言行,总应该贯穿着对于真、善、美的追求和忠实"[3]。按照王蒙的观点来看,写作者在下笔之前就应该塑造自己的境界和人格,这是一种长期且重要的积累,拿笔之前的积淀不是一朝一夕之功,更不是一种临时抱佛脚的行为。

此外,作品写出来之后,就有了它自己的命运。作者当然会忐忑于这篇稿件的命运走向,特别是对一个初学者来说,新作的命运究竟会走向何方,能否获得编辑的垂青,是一件谜一般的事。不过,王蒙指出,此时的作者贵在有"自知之明"。他这里所说的自知之明,主要体现在以下几个方面,这也是王蒙给年轻人提出的增加作品发表机会的重要建议。

---

[1] 王蒙.论文学与创作:上.北京:人民文学出版社,2014:287.
[2] 同[1].
[3] 同[1] 289.

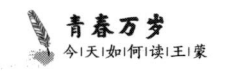

首先，准备要写的东西，一定是自己"最熟悉的"。对于笔下要书写的内容、人物、事件、时代、地区、风景、风俗等各个方面，你要有足够的"记忆和记忆的沉淀"。记忆是作家最重要的宝藏，再好的想象力和虚构能力都基于拥有丰富的记忆。

其次，要有一些有益的见解。这样的见解须是经过个人的思考与搜寻之后的结晶。有了思考，才能引发你的"创作的冲动"，也可以称之为"灵感"。灵感一出，加上自己思考得到的独立见解，提笔之后就有话可说了，绝不会是无病呻吟。在这个时候，你就有可能"是一气呵成的，可能完成一个短篇只用了几个小时"[1]，进入下笔如有神的境界。不过王蒙认为，这些都基于前期写作者对于生活、对于人或事的积累，是他们对于一生经验的思考与总结。

再次，你所写的东西一定要能吸引你，你自己一定要觉得你写得有趣味，充满魅力，千万别写成枯燥无味和干巴巴的东西。要让你提笔写下的东西"既是艰苦的劳动，同时又成为心灵的需要，成为精神的享受、美的享受"[2]。还有一点也特别关键，王蒙指出，你写的东西必须是个"绝活儿"。"不要鹦鹉学舌似的去模仿、去套"[3]，文章贵在有独到之处。

---

[1] 王蒙.论文学与创作：上.北京：人民文学出版社，2014：294.
[2] 同[1] 295.
[3] 同[1] 295.

第六章 钟爱文学与创作

最后,则是寻找到创作的"突破口"。因为在想法很多的时候,下笔是很难的。提起笔来,从何处下笔就尤其关键。王蒙总结道:"你所要写的作品,对于你来说,应该不再是混沌一片的念头,也不是杂乱无章的素材,也不仅仅是一种冲动、一种强烈的愿望,它已经开始在某一点上露出了地平线,已经破土而出,已经抓得着了。"[1]这就是下笔的由头所在,有了由头,一篇好的文章就成功了一半。

---

[1] 王蒙. 论文学与创作:上. 北京:人民文学出版社,2014:295.

他人眼中的王蒙作品

作为中国当代文坛最具影响力的作家之一，王蒙的作品、身世以及他曾有过的文化部部长的身份，都让他成为当代文坛的传奇样本，他的思想、作品等也成为研究当代文学难以绕开的重要一部分。在众多知名学者、文学评论家的眼里，王蒙是一个怎样的人？他的作品究竟给我们带来了什么？为什么今天我们依然要读王蒙？

王蒙能成为一位著作等身的作家，离不开前辈作家们的关心。在王蒙的作家生涯中，他曾得到许多前辈作家的爱护。他在写完《青春万岁》的初稿之后，他父亲的一位朋友将他的稿子交给了当时中国青年出版社文学编辑室的负责人萧也牧（原名吴承淦）。1955年冬天，萧也牧先生找到了中国作家协会青年工作委员会副主任、老作家萧殷来跟王蒙谈话，告诉王蒙他的稿子的基础和他的"艺术感觉"等存在哪些问题，指出书稿还需要进一步理出主线。正是这位萧殷老师请作协出具公函，让王蒙请了半年的创作假。1956年春天，王蒙获得了出席由作协

第六章
钟爱文学与创作

与团中央联合召开的第一次全国青年文学创作者会议的资格。

王蒙在文坛崭露头角之际，《文汇报》在1957年2月9日刊登了李希凡写的《评〈组织部新来的青年人〉》[1]。这一评论给王蒙带来了巨大的压力。评论中写道："很可惜，作者只完成了艺术创造的一半工程，在典型环境的描写

青年时代的王蒙。

上，由于作者过分的'偏激'，竟至漫不经心地以我们现实中某些落后现象，堆积成影响这些人物性格的典型环境，而歪曲了社会现实的真实……可是，王蒙并没有为他的人物找到这把钥匙，却醉心于夸大现实生活阴暗面的描写，以致形成了对于客观现实的歪曲"[2]。

这一篇突然而来的长文，对王蒙的作品进行了猛烈的批评，并且给青年王蒙带来了莫大的政治压力。王蒙认为自己对于党的信仰、对于革命的热情是认真且纯粹的，因此，他对于来自评论界的指责是无所畏惧的。当然，他的行动与反应也是破天

---

[1]《组织部来了个年轻人》刚发表时题为《组织部新来的青年人》。
[2] 宋炳辉，张毅. 王蒙研究资料：上. 天津：天津人民出版社，2009：284，286.

荒的。他当即给当时的文艺界领导人周扬同志写了一封信，说明自己的身份，求见、求谈、求指示。令人意想不到的是，周扬还真的给王蒙回了一封信，并且约他到自己在中宣部的住处孑民堂一谈。

《组织部来了个年轻人》是王蒙创作的短篇小说，1956年发表于《人民文学》。这篇小说以年轻人林震的视角，以处理麻袋厂党支部的问题为主要矛盾，展开了情节的叙事。1956年7月，《人民文学》9月号的稿子中，临时抽走了一篇四万字的稿件。于是，当时的副主编秦兆阳决定用王蒙的这篇作品补上。这篇作品大胆地揭露了当时社会生活中存在的官僚主义现象，表现了新中国年青一代充满的青春理想与现实环境之间存在的冲突。

小说主人公林震是一名热爱工作、热爱生活的青年党员，22岁的他从小学校调进了区委组织部。他来报到的时候，对区委机关充满了敬意和"神圣的憧憬"。但是，实际情况并非如他想象。这里的领导刘世吾是一名有能力、有经验的干部，但他的责任感和工作热情已经褪去，他的口头禅是："就那么回事。"而他的直接领导是韩常新，此人外表有风度，口才很好，非常会按照上级的旨意写虚夸的材料。围绕麻袋厂官僚作风的问题，林震和韩常新、刘世吾很快产生了冲突，发生了争论。这篇小

第六章
钟爱文学与创作

说是当时作家积极干预生活、揭露社会现象的重要作品之一，产生了重要的社会影响。

周扬告诉王蒙，他的这篇小说，毛泽东主席也看了，"他不赞成把小说完全否定，不赞成李希凡的文章，尤其是李的文章谈到北京没有这样的官僚主义的论断"[1]。毛泽东主席谈王蒙和他的《组织部来了个年轻人》的时候，并非只是就着作品谈作品，也不是就着文艺谈文艺，而是把作品与重大的政治举措和重大的文艺方针联系起来谈。毛泽东主席对于王蒙作品的关注，让王蒙声名鹊起，受到了文坛内外更为广泛的关注。

这让后来不少作家对王蒙更加关注。比如，在严文井先生与王蒙往来的书信中，严文井先生说他在读完了王蒙的《海的梦》这部作品后，感触很深。他在信中提到，这部作品向他"展示了一颗柔软、善良、相信现在和将来，因而是有信心的心"[2]，他表示，"我听到你的曲子并不是波涛汹涌，然而却激起了一个'老年人'的心潮澎湃。我读这篇小说后，好久都感觉不平静"[3]。严文井先生以王蒙作品读者的身份写道："于是我像

---

[1] 王蒙. 半生多事. 北京：人民文学出版社，2014：167.

[2] 宋炳辉，张毅. 王蒙研究资料：上. 天津：天津人民出版社，2009：328.

[3] 同[2] 329.

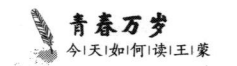

一个青年崇拜者一样向你写了这样一封信。我很高兴在离开这个世界之前能够看到你一篇比一篇强的作品。"[①]能让一位文坛前辈激动不已,可见王蒙的作品和文字所拥有的独特魅力。

【经典品读】

《海的梦》片段

所有的差别——例如高楼和平地,陆上和海上——都在消失,所有的距离都在缩短,所有的纷争都在止歇,所有的激动都在平静下来,连潮水涌到沙岸上也是轻轻地,试探地,文明地,生怕打搅谁或者触犯谁。

而超过这一切,主宰这一切,统治着这一切的是一片浑然的银光。亮得耀眼的、活泼跳跃的却又是朦胧悠远的海波支持着布满青辉的天空,高举着一轮小小的、乳白色的月亮。在银波两边,月光连接不到的地方,则是玫瑰色的,一眼望不到头的黑暗,随着缪可言的漫步,"银光区"也在向前移动。这天海相连,缓缓前移的银光区是这样地撩人心绪,缪可言快要流出泪来了。这一切都是安排好了的,海在他即将离去的前一个夜晚,装扮好了自己,向他

---

① 宋炳辉,张毅. 王蒙研究资料:上. 天津:天津人民出版社,2009:329.

> 温存,向他流盼,向他微笑,向他喁喁地私语。
>
> ——王蒙《海的梦》

再如,诺贝尔文学奖获得者莫言与王蒙很早就有过交往,他比王蒙小 20 余岁。据有关资料,在 20 世纪 80 年代,解放军艺术学院招收文学专业学生时,莫言就在那一批学生当中,而王蒙曾去给他们讲课。从这个角度看,王蒙算是莫言的老师辈。莫言对王蒙非常尊敬,后来在家乡高密要建"莫言文学馆"时,专门邀请王蒙为他题写馆名。此外,早在 2007 年,莫言就专门用毛笔写了一首诗来赞美王蒙:"漫道当今无大师,请看矍铄王南皮。跳出官场鱼入海,笔扫千军如卷席。"王蒙则说,这是"莫言老弟"的"打油说法",并"骄傲"地说:"有老莫夸着,谁贬损得了?"

铁凝是第十四届全国人大常委会副委员长、中国文学艺术界联合会主席、中国作家协会主席。在她初出文坛的时候,王蒙对她有过很多的关注。她是这样评价王蒙的:"王蒙是一个丰富的,复杂的人,对中国当代文学的影响是综合性的,不单是小说方面,还有诗歌散文,比较文学以及古典文学研究,表现在齐头并进的多个方面及前沿地带。他作为前辈给我的突出感觉是学习,这看上去是一个简单的词,但其实不然。贾平凹在

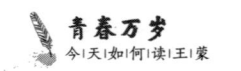

一个场合说过：我是一个农民。王蒙就说如果任何人都给自己一个定义的话，我想我自己是一个学生，这句话给我的印象特别深刻，让我对他充满敬意，因为这绝不是虚假的谦虚。这要比他说自己是一个学者来得真切。"

另一位知名作家王安忆，在与张新颖合著的《谈话录》一书中谈到老一辈作家对他们的影响时说，王蒙是第一个要谈的人，他太聪明了。王蒙真的是知道自己什么好、什么不好，对于自己有着超出一般人的敏锐洞察。她对王蒙一直充满了崇拜之情。王安忆说，王蒙的作品她最喜欢的有两部，一部是《组织部来了个年轻人》，一部是《在伊犁》。《在伊犁》里面的人物说的话，尽管全是废话，却是华丽的废话，这一点写得非常好。

王朔是个有个性的作家，在文坛上"骂"过很多人，树敌颇多，几乎把当代作家都骂了一遍。不过，在提到王蒙的时候，他却认为"王蒙可以"。

正如一千个人眼中有一千个哈姆雷特，在一千个作家眼里，也有一千个王蒙。如果说大家认为哈姆雷特的标志性特点是"to be or not to be"，也就是犹豫，那么几乎所有的作家都认为王蒙是极其聪明的。然而，在真正地走进王蒙的世界后，我们发现，天生的才气再加上后天的勤奋，才造就了今天的王蒙。

王蒙眼中的作家作品

王蒙爱读书，这是众所周知的。读者、作家和文化部部长的多面合一，让王蒙眼中的作家和作品具有了别样的价值。一个智慧的、聪明的甚至有时有些"调皮"的王蒙，他眼中的作家作品是什么样的？我们在此选出一些，供大家了解。

王蒙最爱的诗人是晚唐大诗人李商隐。作为一位小说家的王蒙，在李商隐的诗歌面前成了一名学者，他写了大量的文章专门论述李商隐及其作品。王蒙是个细腻的人，从他喜欢李商隐的诗歌就可以看出这一点。王蒙在1990年写了《雨在义山》，解读了李商隐诗歌中不断出现的"雨"。他发现李商隐诗歌中写的雨多是"细雨""冷雨""晚雨"。在此基础之上，王蒙进一步发现，"雨"对于李商隐并不一般，它里面包含的第一层是一种"漂泊感"、一种"乡愁"[1]，第二层是一种"阻隔"，第三层是一种"迷离"，第四层是一种"忧伤"。[2]

---

[1] 王蒙. 诗歌 译诗 论李商隐. 北京：人民文学出版社，2014：407.
[2] 同[1] 408.

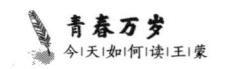

李商隐的诗中王蒙最爱的，可能就是《锦瑟》。我们在前文曾提到王蒙专门将这首诗重新排列组合，不断把玩，爱不释手。王蒙毫不掩饰他对李商隐这个拥有复杂个性的大诗人的独特之爱。他曾说，《锦瑟》对于他来说，"这是一个陷阱。这是一种诱惑。这是《锦瑟》的魅力。这是中国古典的'扑克牌'式文学作品。这是中华诗词的奇迹"[①]。

　　在以李商隐为话题的文章中，王蒙曾以诗歌的结构对著名的诗人和诗歌作品进行了自己的个性化点评。谈到李白的《静夜思》，王蒙认为李白的逻辑层次分明，这首诗就是从天上的明月写到了地上，"再写到自己的动作——举头，再写到自己的心思——思故乡"[②]。而在谈到孟浩然的《春晓》时，王蒙则指出"春眠不觉晓"也是递进的，但与李白不同的是，孟浩然是喜欢"抖包袱"的，点题在最后。孟浩然的诗让他想到了相声和欧·亨利的小说。

　　提到唐代的大诗人，自然绕不开杜甫。王蒙认为，杜甫的诗"比较繁复、信息量比较大"[③]。以《喜达行在所三首（其二）》为例，王蒙曾这样点评："愁思胡笳夕，凄凉汉苑春"，这一句

[①] 王蒙. 诗歌 译诗 论李商隐. 北京：人民文学出版社，2014：448.
[②] 同① 449.
[③] 同① 450.

从正反两个方面写了自己目前的同一遭遇；"生还今日事，间道暂时人"，这里依照时间的大顺序，又进行了小小的回溯，写了昨天的危险与刚获得生还的庆幸情绪；后面"司隶章初睹，南阳气已新"，用刘秀的典故概括了身经的历史事变与自己的兴奋和期许；最后的"喜心翻倒极，呜咽泪沾巾"，则是合乎逻辑的喜极而泣。所以，王蒙眼中的杜甫，"写的内容深重艰难，抒情翻过来调过去，遣字力透纸背，与李白的'飞流直下三千尺'大不相同"[1]。

说到白居易，王蒙曾评析过他的这首诗："花非花，雾非雾，夜半来，天明去。来如春梦不多时，去似朝云无觅处。"他认为这首诗写得很朦胧，结构上"非常平实有序"。平实易懂一直是白居易诗歌的特色。在这首诗中，王蒙发现其结构是先写形状，再写活动规律，也就是"夜来朝去，昼伏夜出"，最后写的是感觉，是意象。正是有了"春梦朝云"的引领，"花呀雾呀夜半呀天明呀也就都意象起来了"[2]。

关于李贺，王蒙的评价则是："艰深奇诡，想象怪诞，修辞险峻秾丽，是比较不那么好接受的，但是他的诗的结构也井然有序。"[3]

---

[1] 王蒙. 诗歌 译诗 论李商隐. 北京：人民文学出版社，2014：450.
[2] 同[1] 449.
[3] 同[1].

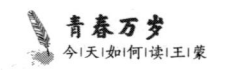

除了古代诗词，王蒙还阅读了大量现当代作家的作品，有现代文坛前辈的，也有一些好友、同辈的。对于文坛前辈，王蒙充满了尊敬，也表达了他在阅读他们的作品后的体会与感受，包括他独特的解读。在评说老舍、沈从文等作家的时候，王蒙这样写道："老舍的'太平湖'的悲剧性超过了骆驼祥子。与自己的遭际的惊心动魄相比，胡风的理论与创作其实相当平实。丁玲的一生也似乎比她的《选集》更令人心潮难平。沈从文更是如此。他的寂寞和安静似乎也是一种奇异的'艺术创作'。"[1]

还有冰心的散文小品。早在童年时，王蒙便在课上课下朗读吟咏冰心的文字。王蒙说，他们一家人都是冰心的读者。童年时代朗读的这些优美的文字，在王蒙的心头刻下了痕迹。王蒙惊讶地发现，在几十年后，他愈加觉得这些散文诗写得别样优美。他这样评价冰心的文字："那是绝美的文字，那是琅琅上口的诗篇，那更是心底的一片光明，是心灵的光辉对于宇宙的普照。"[2]直到后来，王蒙与冰心见面的时候，他说他仍能感受到她那永不衰老的心灵。

---

[1] 王蒙. 论文学与创作：中. 北京：人民文学出版社，2014：308.
[2] 同[1] 147.

第六章
钟爱文学与创作

冰心很赞赏《轮下》的结尾，认为中国的儿女应该与中国在一起。图为王蒙和冰心。

莫言获得诺贝尔文学奖后，王蒙曾参加一档谈话节目。在节目中，王蒙提到，1985年时，莫言曾经在《人民文学》上发表了一篇名为《爆炸》的小说。看完之后，王蒙非常激动，到处跟人说，他刚刚52岁，但看完莫言的这篇小说，感觉自己老了。为什么呢？小说中有一个关于挨嘴巴的细节，王蒙感觉自己已经写不出这样的细节了。此外，王蒙还认定，莫言是中国为数不多的写得好、口才也好的作家之一。

王蒙对于崭露头角的新作家也非常关注。他在1982年的时候读了王安忆的三篇小说《本次列车终点》（《上海文学》1981年第10期）、《墙基》（《钟山》1981年第6期）和《运河边上》（《小说界》1981年第3期），之后立刻写了一篇《王安忆的"这一站"和"下一站"》。王蒙表示，这三篇小说是对他灵魂的三次冲击，他心里的五味罐子被打翻了，喜忧哀乐，百感交集。此时的王安忆，还是初出茅庐的年轻作家，王蒙的这一篇评论对王安忆来说显然是很大的鼓励。王蒙是个敏锐的伯乐，他说："从她的作品里，我们可以感受到她对生活的温柔的、不能不说还有些天真的幻想，她对自己的幻想、对青年人的热情的遭际、对一切冷暖炎凉的敏感。"[1] 同时，王蒙也毫不客气地指出："执笔的这只手的稚嫩，也可以说是一种孩子气的生硬"[2]。

阿城的《棋王》(《上海文学》1984年第7期)面世后也引起了王蒙的注意。王蒙在第一时间读完了《棋王》，之后很快写下了《且说〈棋王〉》，第一句就感叹："我久没有见这样的文字、这样的文体、这样的叙述风格了。……一个三十六岁的作者的处女作，难得！"[3] 王蒙对于这位青年作家的第一篇作品不吝赞美之词，同时也指出了其创作中的一些问题："考虑到《棋王》只是一个年轻作者的计划中的系列小说的第一篇，我们在明确地指出王一生的思想的消极面的同时，似乎更有理由祝贺他的一鸣惊人……"[4]

在读到铁凝的小说时，王蒙指出，"香雪"是其笔下不少作

---

[1] 王蒙. 论文学与创作: 中. 北京: 人民文学出版社，2014: 36.
[2] 同[1] 38.
[3] 同[1] 99.
[4] 同[1] 103.

品中的核心人物之一。王蒙说:"不论是《夜路》还是《小路伸向果园》,《丧事》还是《不用装扮的朋友》,也不论是稍后一些的《灶火的故事》或者《意外》,《那不是眉豆花》或者《喜糖》《短歌》,我们不是都或隐或现地看到香雪的一双善良、纯朴、充满美好的向往,而又无限活泼生动的眼睛吗?"[1]可见,王蒙对铁凝的作品非常熟悉。除了对年轻的铁凝的褒扬,他不忘提出:"铁凝还在成长,她很敏锐,颇能全方位地运用她的生活素材与感受积累,她当然不只是靠天真烂漫的本色。"[2]作为老前辈,王蒙还对后辈给予了足够的鼓励:"我想铁凝是不会被吓住的。香雪们的性格有顽强的一面。"[3]而当年这位年轻的作者,如今已成为第十四届全国人大常委会副委员长、中国文学艺术界联合会主席、中国作家协会主席。

《哦,香雪》是铁凝的代表作,在1982年获得了全国优秀短篇小说奖及首届"青年文学"创作奖。小说以北方一个偏僻的小山村台儿庄为叙述背景,通过对香雪等一群乡村少女的心理活动的生动描摹,叙写了每天只停一分钟的火车给宁静的山

---

[1] 王蒙. 论文学与创作:中. 北京:人民文学出版社,2014:113.
[2] 同[1] 117-118.
[3] 同[1] 118.

村生活带来的波澜。通过这样一个看似细小的事件，作者对一个山村少女的内心世界的变化进行了细致的描摹。这篇作品写出了传统文明与现代文明两者之间的交融过程，也体现了人在这一过程中的内心变化，以及对现代文明的渴望与歌颂，是一首希望之歌。2018年9月，此作品入选中国改革开放四十周年最有影响力小说。

王蒙一直在关注重要的新作家和新作品，并且以坦然真实的方式去表达自己心中的所思所想，他甚至还能一针见血地道出这些作品背后的一些关键点，这一点尤为难能可贵。比如，在王朔的作品火起来之后，王蒙写了一篇《王朔的挑战》。王蒙对于王朔成为一种文坛新现象的缘由看得很清楚："王朔的调侃胆大包天，什么神圣的词儿他都敢调戏捉弄，什么恶劣的词儿他都敢往自己身上安。"[1] 王蒙对王朔个人也有着极为精准老到的描述："他太尖锐，他戳破了所有的道貌岸然。他很轻松，哈哈一笑也就消食化气。他很油滑。他也辛酸。他其实挺老实，没有出大格的东西。"[2] 王蒙指出了王朔的特别，点出了其奇异的特征，也发现了王朔不管在文坛还是大众层面都非常火。

---

[1] 王蒙. 论文学与创作：下. 北京：人民文学出版社，2014：281.
[2] 同[1].

第六章
钟爱文学与创作

面对这样一个爆火的文坛晚辈,王蒙还是从一个前辈的角度,以开玩笑的方式对王朔提出了建议:"你小子现在无论如何得找人猛批你一顿才行。我连题目都替他想好了:《哪个阶级的"顽主"?》《怎么可以"千万别把我当人"?》《"过把瘾就死"是什么样的人生?》《编辑部里怎会有这样的"故事"?》《谁是你爸爸?!你是谁儿子?!》……"[①]

【我来品说】

> 1. 请你选一篇王蒙的经典作品阅读,谈一谈你眼中的王蒙和他的作品究竟有什么样的特点。
> 2. 读了王蒙的创作经验以及他与文学结缘的体验,请你也尝试创作一篇小说,谈谈你的创作体验是什么样的。

---

① 王蒙. 论文学与创作:下. 北京:人民文学出版社,2014:283.

第七章 这边也有好风景

> **导读**
>
> 新疆对于王蒙具有特殊的意义。那么,王蒙在新疆创作了哪些作品?这些作品如何折射出王蒙自身的发展历程?长篇小说《这边风景》又是怎样描绘新疆的?这本书为何时隔 40 年才出版?王蒙的海外游记又有哪些特色?让我们追随王蒙的足迹,来寻找这边的好风景。

第七章
这边也有好风景

边疆寄情

王蒙和家人自 1963 年来到新疆，这里的独特风光给了他极大的冲击。此前王蒙只在北京与河北等地待过，而乌鲁木齐的风景、气候、风俗、人情都与内地迥然相异。王蒙首先感受到的就是震撼："火车站上播放的各族歌曲，然后是建筑，是盛世才时期的南门大银行。是模仿塔什干风格的苏联援建的人民剧场。是南门外的大清真寺。是铺面的从右到左的横写维吾尔语招牌。是各个会议上的翻译过来再翻译过去的开法。是文联的俄罗斯族清洁女工娜塔莎。是上厕所如登冰山。是各家堆着自己的煤山。然后是零下二十摄氏度、三十摄氏度，有时候达四十摄氏度的严寒，是冰雪之神，是炉火之花，冬季的室内炉火轰轰地响，一间屋就像一个火车头。"[1]

新疆的每一处都让王蒙感到新奇雀跃。在吐鲁番，他看到了拱形圆顶大屋子，看到了如何晾葡萄干，长达几百米的大葡

---

[1] 王蒙. 半生多事. 北京：人民文学出版社，2014：259-260.

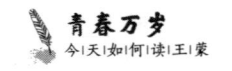

萄架令人震撼。1964年，王蒙满怀激情地写下了《春满吐鲁番》，发表在《新疆文学》上。此时，王蒙的文笔还未成熟，没有后来那样的恣肆汪洋，但是他的立意之高超乎寻常，已然在描绘整个吐鲁番的人民社会主义建设的高潮氛围。王蒙快速地适应了新疆的生活，满怀热情地投入到工作中，心情自然非常高兴。同年5月，新疆维吾尔自治区党委副书记兼政府副主席武光带领王蒙去南疆，一路经过托克逊、库尔勒、库车、阿克苏、喀什等地，直到最边远的民丰县。两个月后，王蒙写下了《民丰小记》，文中同样让人感受到了这个地方的人情温暖。

　　王蒙被新疆歌曲深深地吸引着。本来就喜欢音乐的他，陡然听到这些优美的旋律，不禁动容。在叶尔羌河流域，这里的语言、风俗尤其是歌舞颇有特色。维吾尔族为自己的雄浑的音乐遗产《十二木卡姆》而骄傲，这里则有自己的《刀郎木卡姆》。直到20世纪90年代，王蒙一直声称自己永远忘不了被《阿娜尔姑丽》触动的情景。"一九六四年，我住在县委招待所，准备去洋达克乡。招待所正在盖房子，每天早晨八时以后，来自农村的临时建筑工开始上班。有两个年轻的女人，她们不紧不慢地用抬把子抬砖，一边装卸，一边走路，一边大声唱歌。她们唱的是《阿娜尔姑丽》，她们的唱歌就像呐喊一样的自然、朴素、开阔、痛快，她们的唱歌就像呼唤一样响亮、多情、急切、期待着回应，她们的唱歌又像是一种挑战、放肆的发泄，自唱自调,如入无人之境。"[1]对于这个情景,王蒙并没有在自传里回味,而是单独在《新疆的歌》一文中着重强调。

已经深切感受到维吾尔族热情的王蒙收获颇丰,此行也坚定了他学习维吾尔语的信念。王蒙坦言自己爱讲维吾尔语,也不愿意放过任何使用维吾尔语的机会,只要一讲维吾尔语,他就立马精神抖擞且机敏幽默。他欣赏维吾尔语铿锵有力的发音,欣赏它令人眉飞色舞的语调,欣赏它独特的表达程序……一有空闲,王蒙就打开收音机收听广播,从开始的一点也不懂,到最后就像是在欣赏音乐一样,喜笑颜开,心花怒放。多年以后,王蒙在一次采访中一再声称,维吾尔语对他产生了巨大的影响。2013 年,王蒙到新疆喀什师范学院演讲,时长半小时,第一句话就是用维吾尔语说的:"孩子们,你们好吗?"当时维吾尔族的学生都像疯了一般地热烈鼓掌。

语言能够拉近人与人之间的距离。王蒙说:"学语言,学习少数民族语言,首先从内心深处要尊重,不尊重,永远学不好。有的人是抱着轻视少数民族的态度去学,这怎么行?排斥不行。"[2]王蒙从内心里接受并尊重维吾尔语,由此语言的屏障被突破,深入一个民族的大门也悄然开启。考察结束后,王蒙创

---

[1] 王蒙. 散文随笔:中. 北京:人民文学出版社,2014:41.
[2] 逄春阶. 王蒙谈新疆:那里的老乡很尊崇文化. (2014-06-06)
[2024-11-28]. https://www.rmzxw.com.cn/c/2014-06-06/335754.shtml.

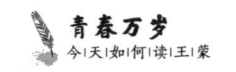

作了《买合甫汗》《红旗如火》两篇报告文学。

　　1964年年底，自治区文联领导同志提出，希望王蒙能够到伊犁农村参加锻炼。于是次年4月，王蒙被安排住进维吾尔族阿卜都热合满老汉家中，五个月后王蒙全家搬到了伊宁市。在这里，大家亲切地称呼王蒙为"老王"，这个称呼超越了世俗的官衔，是王蒙用真心融入这片土地的结果。

　　在散文的创作上，王蒙在新疆期间的作品屈指可数，只有1964年的两篇——《春满吐鲁番》和《民丰小记》。王蒙最感兴趣的是写小说，在一个偶然的情况下，他开始写《哦，穆罕默德·阿麦德》，"一写起来便一发而不可收，写了这么多"[1]。他被新疆人民的善良、勇敢、正义和智慧感动，即便是这里的普通人也是可亲、可爱以及可敬的。这些小说，与其说是小说，不如说是纪实。"一反旧例，在这几篇小说的写作里我着意追求的是一种非小说的纪实感，我有意避免的是那种职业的文学技巧。为此我不怕付出代价，故意不用过去一个时期我在写作中最为得意乃至不无炫耀地使用过的那些艺术手段。"[2] 从这个意义上讲，《在伊犁 新大陆人》一书就是王蒙新疆经历的第一见证。这个系列小说发表于1983年至1984年两年间，并于1984年结集为《在伊犁——淡灰色的眼珠》，由作家出版社出版。

---

[1] 王蒙. 在伊犁 新大陆人. 北京：人民文学出版社，2014：281.
[2] 同[1] 282.

第七章
这边也有好风景

《北京文学》1983年第8期发表的小说《在伊犁》节选——《好汉子衣斯麻尔》。

只有投入真情，才能写得细致入微。王蒙对新疆非常热爱，将日常生活中的所见所闻诉诸笔端。这里有一位名叫穆罕默德·阿麦德的淳朴的维吾尔族小伙子。王蒙通过这个小伙子近20年的经历，写尽了这片寻常的烟火人间。这部小说是王蒙返回北京后，一边回味新疆一边写下的。王安忆曾经评价说，自己最喜欢王蒙的《组织部来了个年轻人》和《在伊犁》，《在伊犁》已经"放下对政治的意见了"[1]。与王蒙的《春满吐鲁番》《民丰小记》升华到社会主义建设的主题相比，《在伊犁》显得朴实无华。寻常人家的事情，就静静地发生在新疆那个美丽的地方。

---

[1] 王安忆，张新颖. 谈话录. 桂林：广西师范大学出版社，2008：206.

青春万岁
今天如何读王蒙

在王蒙的笔下，新疆的风俗景象被一一呈现在读者眼前。俗话说"民以食为天"，在《虚掩的土屋小院》中，王蒙不吝笔墨地描绘了吃饭一事，先写房东大娘阿依穆罕喝茶的习俗："一九六六年五月，我来到他们家将近一年了，一天中午，我们一起在枝叶扶疏、阳光摇曳的苹果树下喝奶茶，把干馕泡在奶茶里，这就是一顿饭。"[①]接着写了吃饭的习俗："晚上下工以后，大娘宣布，由于没买着肉，不做饭了。伊犁维吾尔人的习惯，吃面条、抓饭、馄饨、饺子、面片之类，叫做'饭'，吃馕喝茶虽然也可充饥，却不算吃饭，只算'饮茶'。"[②]如若不是亲身经历，深有感触，很难写出对这些风俗的感受，读罢令人身临其境，如在眼前。

奶茶是新疆少数民族日常生活中不可缺少的饮品。哈萨克、蒙古、维吾尔、乌孜别克、塔塔尔、柯尔克孜等民族都非常喜欢喝奶茶。他们常说："无茶则病。"又说："宁可一日无食，不可一日无茶。"茶和牛奶或羊奶是制作奶茶的原料，一般的做法是：先把砖茶捣碎，放入铜壶或水锅中煮，水烧开后加入鲜奶，沸腾时不断用勺搅拌，直到茶乳充分交融。此时滤去茶叶，加

---

① 王蒙. 在伊犁 新大陆人. 北京：人民文学出版社，2014：91.
② 同① 93.

第七章
这边也有好风景

盐即成——新疆奶茶大多为咸口。

新疆各少数民族酷爱喝奶茶，主要原因有三。第一，在牧区和高寒地区的人吃肉较多，吃蔬菜较少，需要奶茶来帮助消化；第二，冬天寒冷，夏天干热，冬天大量饮奶茶可以迅速驱除寒冷，夏天则可以驱暑解渴；第三，牧区人口稀少，各个居民点之间距离较远，外出放牧或办事，口渴时不容易找到饮品，离家前喝足奶茶，途中再吃些干粮，可以较长时间耐渴耐饿。除以上三个原因外，奶茶里既有茶又有奶，有时还放一些酥油、羊油、马油，这种奶茶更是一种十分可口而富有营养的饮品。

此外，王蒙还写下了很多诗歌，回味着过去，歌唱着友谊。其中《回新疆》这样写道：

土屋里的茶饮毡房里的奶，
葡萄架下的编织玫瑰盛开，
石头缝也流出温泉汨汨，
洗京华风尘添昆仑神采，
会见又再见，握手又分开。

我变了么？所有的经过

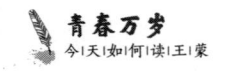

都没有经过，我还是
你的。扛着砍土镘上工
走到大湟渠，又走回来。
维吾尔语仍讲得胜任愉快。

逝者的姓名如星辰点点，
幼者的身材成大树排排。
笑吧，让我们抱头痛哭，
大地就在脚下实实在在。
往事如烟，友谊似铁。[①]

如果王蒙没有在新疆的 16 年，那么他的人生肯定会是另外一番模样。写作与人生相通相连，他的写作也会是另一种面向。而正因为有了新疆，王蒙的内心才如现在这般丰盈，他的人生也多了一片风景。

---

① 王蒙. 诗歌 译诗 论李商隐. 北京：人民文学出版社，2014：211.

第七章 这边也有好风景

这边风景

　　王蒙要写一部反映伊犁农村生活的长篇小说。他力图找到一个契合点，能够描绘伊犁农村生活的风土人情、日常生活、美丽山川，尤其是维吾尔人的文化性格。就这样，《这边风景》这部长篇小说开始写了起来。

　　王蒙写新疆肥沃的土地，写在伊犁看到的电线杆子发芽的情景，写维吾尔人嗜茶，写伊犁地区其实受俄罗斯人的影响而勤于粉刷房屋，写秋收、麦场、牛车、水磨、夜半歌声、婚礼、乃孜尔（音译，指施舍、赈济、悼宴等）。虽然举步维艰，但是一写到生活，写到人，写到苜蓿地，写到伊犁河，他就如痴如醉，感到津津有味。[①]

　　1978年，王蒙在北戴河团中央休养所改写他在新疆后期写的《这边风景》。他上午与晚上写作，下午游泳，但是舒适的环境并不能抵消写作的焦虑，他苦于固有的思维定式，一心想要

[①] 王蒙. 半生多事. 北京：人民文学出版社，2014：417.

塑造高大上的英雄人物，却又感觉吃力不讨好。1978年8月7日，初稿写成后，这部手稿就在漫长的岁月中不知所终了。直到2012年3月21日，王蒙的妻子崔瑞芳去世前的两天，这部旧稿被王山、刘颐发现，尘封近40年的书稿重见天日。于是，王蒙重新投入到对旧稿的校订中。王蒙还在每一章的正文后面添加了"小说人语"。经历了这样一个曲折的过程，才有了这部长达70万字的小说面世。最终，《这边风景》于2013年在花城出版社出版，并获得第九届茅盾文学奖。

《这边风景》的故事处于一个很大的历史背景中：1962年，伊宁、霍城、塔城等地出现边民外逃以及不法分子冲击政府机关、抢夺政府档案的事件。就在这个时期，小说主人公伊力哈穆从乌鲁木齐回到家乡伊犁地区跃进公社爱国大队务农。伊力哈穆是一位优秀的农民党员，被选拔到乌鲁木齐的工厂去当工人。三年后，他返回家乡继续做农民。然而，迎接他的却是边疆在特殊时期出现的一段短暂的动荡。他下车伊始，就在客运站遇到了熟人——披头散发惨叫的乌尔汗大嫂。乌尔汗大嫂的丈夫被煽动越境了，儿子也走散了，她只能在车站哭叫。

伊力哈穆刚刚回到家里，村里的党员干部就来找他，向他讲述了村里的形势。4月30日夜间，村里发生了大型盗窃案，两吨多的小麦被偷走。故事以这起小麦盗窃案为线索，层层展开。小说中各种矛盾交织在一起，错综复杂，波谲云诡，让人

第七章 这边也有好风景

读起来不忍释卷。

小说从伊力哈穆回到家乡后展开。伊力哈穆担任了爱国大队七队的队长，他的主要任务就是平息"伊塔事件"和小麦盗窃案给人们造成的严重影响。接着，"四清运动"开始了，爱国大队的社员们满腔热情地准备迎接"四清"工作队的到来，县委书记赛里木亲自到爱国大队蹲点。在"四清运动"中，伊力哈穆遭受到不公正的对待，被撤销队长职务，但是他不消极、不退缩，依然领导七队完成了农业生产任务。伊力哈穆重新担任队长之后，领导七队的"四清运动"也取得了胜利，小说进入了高潮阶段。

在王蒙笔下，《这边风景》中出场的人物有80多个，他们分属于不同的民族和阶层，有着不同的职业与性格，但每个人物都栩栩如生。王蒙通过描写这些人物的来来往往、嬉笑怒骂乃至街谈巷议，让我们看到了20世纪六七十年代伊犁地区民族生活的风貌。

小说主人公伊力哈穆是一位理想化的人物。他是一位党的优秀基层干部，思想进步，大公无私，总是替别人着想，全身心扑在工作上，即使受了委屈也不抱怨、不退缩。伊力哈穆的妻子米琪儿婉支持丈夫的工作，希望他成为一名合格的党员和接班人。丈夫去乌鲁木齐后，她处处都尽到了一位好妻子的职责。面对当时的复杂形势，她也感到困惑，叹息道"这是怎么了？怪吓人的

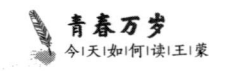

呀"。伊力哈穆回到家的时候,她一面干着家务,一面向丈夫讲述村子里的情况。一位典型的维吾尔族好妻子形象呼之欲出。

小说中也塑造了一些性格复杂的"反面人物"形象。比如爱国大队的库图库扎尔书记,他能言善道,喜欢投机取巧,经常出尔反尔,忽"左"忽"右"。王蒙总结这个人物的特色时说,他"一会儿这样,一会儿那样,他和党委书记在一块是一种情形,在会议上发言又是另一种情形"[1]。再比如麦素木科长,他一会儿自称是乌孜别克族,一会儿又自称是鞑靼人,到处煽风点火,蛊惑那些善良的人,许多矛盾都是由他引起的。

在叙述故事、刻画人物的同时,《这边风景》也为我们提供了一幅边疆地区民俗风情画卷。小说中塑造了多个民族的人物,有维吾尔族、回族、俄罗斯族、乌孜别克族、哈萨克族、锡伯族、汉族等。他们都有各自的民族习惯和信仰,在伊犁地区,他们一起劳动、生活,相互融合,交织出五彩斑斓的故事画卷,体现出浓郁的地域民俗风情。比如在小说的第48章,王蒙写道,"维吾尔人形容大小长短与汉族最大的不同在于,汉族人形容大小长短,是用虚的那一部分,如用拇指与食指的距离,或左右两手的距离表示大小长短,而维吾尔人是用实体,如形容大与长,他可以以左手掌切向右肘窝,表示像整个小胳膊一样

---

[1] 刘颋,行超. 王蒙:《这边风景》就是我的"中段". 文艺报,2013-05-17(2).

第七章
这边也有好风景

大,而用拇指捏住小指肚,则表示像半个小指肚一样小"[1],以及"白天和黑夜,劳动的时候、吃饭的时候和睡着了以后,泰外库的身边是一片歌声:天上的飞机和鹰,地上的车、骏马、麋鹿、河水、枞树林、骆驼羔的眼睛(双关语,哈萨克人常用骆驼羔的眼睛形容最美的姑娘的眼睛)"[2]。这样的细致描写,来自王蒙在新疆多年与各族人民共同生活的经验,不仅向读者介绍了民俗,更蕴含着作者对新疆的热爱。

《这边风景》是一部尘封了近40年的小说,更是一部作者下了"苦功夫"的书。"这边"风景的"这边"是哪里?王蒙告诉我们——是"新疆"!王蒙在谈起这部书时,曾回顾自己在新疆的生活:"我仍然充满生机,爱恋着边疆的、对于我来说是全新的一切:情歌《黑黑的眼睛》、伊犁河、大湟渠、砍土镘、水磨,尤其是各有特色的族群——汉族、回族、维吾尔族、哈萨克族、乌孜别克族、锡伯族、俄罗斯族……还有馕饼、拉条子、哈密瓜与苹果园。"他还说:"我确实书写了大量的有特色的生活细节。劳动、夏收、割草、扬场、赶车、灌水、打馕、植树、雨灾……"[3]

---

[1] 王蒙.这边风景.广州:花城出版社,2016:593-594.
[2] 同[1] 597.
[3] 严家炎,温奉桥.王蒙研究:第2辑.青岛:中国海洋大学出版社,2015:3.

在讨论这部小说时,一位维吾尔族女教授说:"作家把心交给我们,各族人民也就愿意把心交给他。"这既是小说创作上的成功,也是创作成功小说的秘诀。这也是《这边风景》给我们带来的一个启示。

【经典品读】

《这边风景》片段

"四个油塔子,一盘过油肉,一个粉汤。"泰外库把钱和粮票递了过去。

女出纳员一边打着算盘、念着数字、整理着发票存根,一边头也不抬地回答说:

"过油肉没有了。粉汤没有了。油塔子也没有了。"

"请给开拉面条四百公分。"

"没有了。"

"包子,烤包子也行。"

"也没有了。"

"什么也不卖了吗?"泰外库的声音里有几分恼怒。

这位正忙于下班前的结账工作的女出纳师这才抬起头来,她撩了撩头上的碎发,抱歉地、好看地笑了一下。

"就要关门了。现在只剩下馒头和白菜炒豆腐了。"

第七章
这边也有好风景

没办法,泰外库只好买了馒头和他最不喜欢吃的豆腐菜。他还想要二百公分白酒,但是,酒也卖完了。当他从厨房的窗口领出冷馒头和菜,端着两个盘子寻找位子的时候,听到了一声亲热的叫唤:

"到这里来!请到这边来,老弟!"

在靠近火炉的一面桌子上,有一个不相识的,却是有点面熟的中年人,他矮矮的、胖墩墩,长着稀疏的小麻子和稀疏的黄胡须。那人面色微红,正带着几分酒意向他招手。

泰外库走了过去。靠近火炉的饭桌,这在冬天是多么地具有吸引力啊。他还没有坐稳,黄胡须伸手让道:

"请吃吧,让我们一起吃吧。"

作为单为一个人叫的饭菜,黄胡须面前的吃食确实是相当丰盛的,不但有泰外库想要但没有能到手的过油肉、粉汤和油塔子,而且有一碗清炖连骨羊肉,还有一盘张着嘴、流着油、皮薄得近乎透明的肥羊肉丁拌洋葱馅的薄皮包子,这还不算呢,桌子上立着一瓶已经喝了三分之一的精装的伊犁大曲。泰外库已经闻见了那迷人的酒香。

招呼不相识的人来一起吃饭,这在维吾尔人来说并不稀罕。泰外库看了那人一眼,认为那人的盛情是真诚的。

于是，泰外库未加推让地用筷子攫起了一个包子，包子放到嘴里，似乎立刻就融化了……

"要不要喝一点？"陌生的黄胡须问。

"请给在下倒一杯。"泰外库老老实实地，又是尽量合乎礼仪地回答。

……这就是泰外库初次与他相识的情形。……

后来，他们又有几次在城里会面。……他们相互作了自我介绍。黄胡须自称名叫萨塔尔，是州上一个基建部门的干部，他手头十分阔绰，家庭陈设却出奇地简单。

四月三十日早晨，当泰外库照例把车赶到伊宁市，准备为食品公司接货的时候，在他的这辆车必经的汉人街路口，他碰到了萨塔尔。萨塔尔说，他是专门到这儿来等泰外库的。萨塔尔说，他的妹子当天晚上在东巴扎举行婚礼，他和几个亲戚是一定要参加的，……他问泰外库能不能将车马借给他用一天，第二天早晨的这个时候保证将车交还。他想得很细致，他知道这辆车跑运输的目的是为了给队上增加现金收入，他知道每天拉脚的收入是十五元，他准备交给泰外库二十元。……

没有犹豫，泰外库答应了。二十块钱是不收的。泰外库将掏自己的腰包来顶补队上应得的收入。这不足

第七章
这边也有好风景

挂齿。……

就这样，萨塔尔赶着他的车走了。……

第二天，萨塔尔在原地原时间交还了车马，没出任何毛病。车槽子的木板缝里有几粒麦子。"他们贺喜的时候还带着麦子呢，莫非怕新郎新娘的粮食不够吃？"泰外库笑了，他用手指把麦粒抠搂出来，放在掌心上，叫马舐着吃了。回队上以后，他把自己的十五块钱交给了出纳，没和旁人提起这件事。

然后，这件事早已被他忘到七霄云外，但是头天早晨，他听说塔列甫特派员正在调查他和他的马车在四月三十日晚上的去向，……而且，他也听到了，廖尼卡作证，根据他的观察判断，四月三十日夜盗窃犯使用了他的马车。

泰外库这一气非同小可。他根本不相信那个笑嘻嘻的男儿萨塔尔会借他的车去干什么坏事……难道他这个在旧社会苦大仇深的孤儿还会受到领导和群众的怀疑？他受不住。

所以，头一天进城以后他就先照直去了萨塔尔的家。他毫不怀疑，萨塔尔可以提供有力的证据……他对萨塔尔仍是充满了信任。……正好，萨塔尔在家，门上没有锁。……他到同院的高台阶的大房子里去了，那里住着一位维吾尔族的老太婆,按照她住房的情况,她像这里的房东。"请问,原来住在这里那间房子里的萨塔尔阿洪搬走了么?""哪儿有个萨塔尔阿洪?哪一个萨塔尔阿洪?"老太婆翻了一翻眼。

"真奇怪,我来过这个房子嘛。就是萨塔尔住在这里的啊。胖胖的、黄胡须……"

"噢,你说的是赖提甫啊,找人,连人家的名字也没说对,不要这样做事,我的孩子!"

"他不是叫萨塔尔吗?"

"你怎么不听老年人的话啊,难道我和你这样的孩子开玩笑不成?他叫赖提甫,我的孩子!他是临时租用,只住了两个月,五月一日搬走的。"

"他搬到哪儿去了?"

"怎么了?他欠您钱财吗?"老太婆注意地看了泰外库一眼。

"不。"

"他搬到哪里去,就到哪里去吧。我们管他做啥?房租是预付了的。临走的时候,还送给了我一个扫把。以后,再也不会见到他了……"

——王蒙《这边风景》

第七章 这边也有好风景

域外览胜

王蒙曾经说过,他年轻时就特别喜欢"漫游"这个词。1980年他第一次踏出国门,"漫游"了许多国家。当然,他不仅仅是"漫游",每到一个国家,他都会尽可能地观察、了解,与当地人交流,用他的一支健笔,记录下在那个国家的所见所闻。有的国家他不只去过一次,每一次他都有不同的记录。他写海外"漫游"的散文,散见于他的多部散文集中。1995年,华文出版社出版了一本《王蒙海外游记》,第一次把他的游记散文收集在一起出版。从那以后,王蒙又去了很多国家,写了更多的游记。在他的自传第二部《大块文章》和第三部《九命七羊》中,都有专章记录他的海外"漫游"经历。

王蒙欣赏中国古人"读万卷书,行万里路"的古训。他认为,旅行可以让人心胸开阔,避免成为鼠肚鸡肠的狭隘者。当改革开放打开国门的时候,王蒙有了走出国门看世界的机会。他发现,在这个"小小寰球"上转几圈,也是有意思的。

世界很大,世界又很小,世界也很奇妙,这是王蒙在20世纪 90 年代的感受。他说世界很大，是因为"世界并不是只你一家，正如不是仅你一人，认识到这一点很重要，免得坐井观天，鼠目寸光，自吹自擂，故步自封，夜郎自大，作茧自缚，划地为牢，再进一步就会是自欺欺人，抱残守缺，痴人说梦，倒行逆施，一会儿盲目崇洋，一会儿又是盲目排外……承认世界的多元性才能进行与外部世界的交流并从中有所获得有所长进"[1]。但是，王蒙眼中的世界又是很小的，各国"彼此影响，互相之间的关系愈来愈密切。一家一本难念的经……人类的困境其实是共同的与共通的"[2]。王蒙把去各国旅行看作一种极好的启迪、超脱和消释，因为"有一些关上门百思难得其解、令人头痛欲裂、只觉得爆炸在即的问题，拿到另一个参考系统的范围一看，实在是小菜一碟而已"[3]。

1980 年 8 月底，王蒙应邀参加美国艾奥瓦城主办的"国际写作计划"活动，并在美参观访问。这一次，他在美国住了四个月的时间，创作了小说《杂色》，结识了一批来自世界各国的作家。王蒙初到美国，那里的树、花和草给他留下了深刻的印象。在旧金山，他看到"到处都有那么大片的草地，家家户户

---

[1] 王蒙. 王蒙海外游记·自序. 北京：华文出版社，1995：2.
[2] 同[1].
[3] 同[1].

第七章
这边也有好风景

几乎都有自己的草坪,还有许多大面积的公共草地"[1],那里还有一种树,正开着鲜红鲜红的花,王蒙禁不住要为它喝彩,因为这让他感觉"生活在一个'红彤彤的世界'里"。王蒙住在艾奥瓦大学城附近的五月花公寓里,那里给他的印象是到处都是绿色,"道路是修在草与树之间的,房子是建在万绿丛中的,汽车与行人更都是走在草中,行在树下"[2]。随着秋意渐浓,艾奥瓦城的枫树开始改变颜色,有金黄、橙红、赤褐、蓝紫、红彤彤等多种色彩,但草仍是绿色的。王蒙早晨跑步时,感觉吸进去的空气都带着"草与树的绿香"[3]。

此后,王蒙又多次到美国访问,进行文化交流活动,每次都能看到不同的风景,有不同的体验。他记得,美国加利福尼亚州的原始红杉林,是美籍华人作家江南(刘宜良)陪他去看的,林中最老的树有2 200岁了。此外,他欣赏过美国的湖泊,看过湖边的阔叶树;见到有的美国人自觉自愿地在家里挂美国国旗,有的美国人却把国旗做成裤衩,在百老汇的舞台上表演……

王蒙经历过20世纪50年代那个激情燃烧的岁月,那时候是中苏关系的蜜月期。他说过,他从15岁(1949年)起,就向

---

[1] 王蒙.王蒙文集:第9卷.北京:华艺出版社,1993:175.
[2] 同[1].
[3] 同[1].

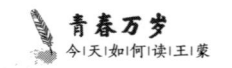

往苏联，因为"那时候苏联不仅是一个美丽的梦，而且是我为之不惜牺牲生命去追求的一个理想"。然而，当他真正踏上苏联国土的时候，已经50岁了。1984年5月，王蒙率中国电影代表团访问苏联，参加塔什干电影节活动。他在苏联访问了22天，访问了莫斯科、第比利斯、塔什干、撒马尔罕等苏联城市。回国后，他写了《访苏心潮》《塔什干晨雨》《塔什干—撒马尔罕掠影》等游记。

这是王蒙第一次踏上苏联的土地，然而那里的一切他又感觉那么熟悉，这是在他出访过的诸多国家中，唯一给他留下这种印象的国家。他说："到了莫斯科，一切都给我以似曾相识、似曾相逢的感觉：莫斯科河畔钓鱼的老人，列宁墓前的铜像般一动不动地肃立着的两个哨兵的蓝眼睛，克里姆林宫钟楼上报时的钟声，用花岗岩铺地的红场与红场上的野鸽子，列宁山上的气魄雄伟却又显得有点傻气的莫斯科大学主楼，地下铁路革命广场站上成群的铜像，包括街道的名称——普希金大街（静悄悄的）、高尔基大街（两边都是商店）、赫尔岑大街（通向柴可夫斯基音乐学院）、别林斯基大街（大概面貌与革命前没有区别）……这种似曾相识感甚至是令人战栗的。"[①] 他不禁自问：这怎么像是旧地重游？最后，他决定用"鸳梦重温"这个词来形

[①] 王蒙. 王蒙文集：第9卷. 北京：华艺出版社, 1993: 292.

容这种感觉。当时的苏联还有比较浓厚的政治氛围，大街上悬挂着"光荣属于苏共"之类的政治标语。在塔什干，王蒙率团参加了电影节开幕式，主办方准备了具有民族特色的歌舞表演，其中甚至有越南歌曲和非洲歌曲。节目结束时，有在当地就学的留学生挥舞着拳头从观众席中走上舞台，抗议帝国主义的战争政策，号召保卫和平。

2004年，当王蒙再次造访莫斯科的时候，昔日的苏联已经不复存在，这里成为俄罗斯的首都。上一次王蒙主要访问的是塔什干，没能参观列宁墓。这一次，王蒙不顾自己70岁的高龄，冒着小雪在列宁墓前排队。他说："墓中的水晶棺光照通明，列宁的面孔与衣装新鲜明丽，我恭恭敬敬地给遗体鞠了躬。我想不到我瞻仰列宁墓瞻仰得这样迟。"[1]王蒙还参观了克里姆林宫，其中一栋楼是赫鲁晓夫下令修建的，苏共曾在这里召开过多次全国代表大会。普京总统在一栋简朴的小楼里办公，上面悬挂着俄罗斯国旗。克里姆林宫里的东正教教堂也对外开放，王蒙更多地在这里参观，还趁机学习了一些东正教知识。

在许多欧洲国家，王蒙也留下了足迹。1980年6月，王蒙随中国作家代表团访问联邦德国（当时德国还没有统一）。这是

---

[1] 王蒙. 俄罗斯八日 // 中国作家协会创研部. 2005年中国散文精选. 武汉：长江文艺出版社，2006：352.

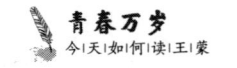

一次愉快的旅行，王蒙始终处于兴奋状态。联邦德国驻华大使魏德克是这次访问的邀请方，同时也是一位作家，写过以中国太平天国为题材的历史小说。在魏德克家，王蒙惊奇地发现，他的家被命名为"拙政园"，在客厅背后的草坪上，还种着一些来自中国的树木。王蒙还是第一次见到这样大片的观赏性绿地，美丽的草坪绿油油的，竟然让他想起了奶油。在汉堡大西洋饭店里，一位老人给王蒙留下了深刻的印象。那是一位没什么人注意的老琴师，他每天下午四点开始上班，在角落里弹奏一支又一支温文尔雅的乐曲。王蒙对这位老琴师产生了许多联想：他是命途多舛、落魄江湖的音乐家吗？他是一个少壮不努力，老大徒伤悲的人吗？他有孩子吗？……这次访问结束前，王蒙还冒雨参观了贝多芬故居。这位伟大音乐家的故居，是一座矮小、不起眼的房子，与周围的高楼大厦比起来显得寒碜。王蒙参观了贝多芬出生、会客和弹琴的房间，它们都是那样低矮，就连贝多芬的钢琴也远不如现代舞台上的钢琴那么巨大而辉煌。在这里，王蒙甚至产生了"文章憎命达，难道艺术也憎命达吗"的感受。

1987年，王蒙去意大利接受蒙德罗国际文学奖的颁奖。活动结束后，主办方问他想去什么地方参观，王蒙回答说"佛罗伦萨"。这是一次匆匆的旅行，王蒙在那里只住了一晚。尽管如此，他仍然非常欣赏这座古城。他写了一首诗《记佛罗伦萨》，

第七章
这边也有好风景

来寄托自己对于意大利、对于欧洲,以及对于历史、文明和生活的情思。诗中写道:"你有圣母一样的面容/你涂了绿蓝的眼圈嘴唇红/你有庄严悠长的钟鸣/你弹着吉他唱甲壳虫/你有无数的尖顶穹顶/你有豪华的旅馆五星/你的每一块铺路石记述幽深的/历史……"①

王蒙还去了很多亚非拉发展中国家。2001年12月,王蒙随中国作家协会代表团访问印度。印度有许多大大小小的石窟,里面有包括佛教、印度教在内的各种宗教的雕像,王蒙一行重点参观了爱罗拉与阿旃陀石窟,风格与别国很是不同。

2002年,王蒙随文化人士代表团访问了非洲的毛里求斯、南非、喀麦隆与突尼斯。在他心目中,非洲是一个得到了上天厚爱的地方,是一块美丽、富饶、葱茏、热烈的地方,非洲人是那样纯朴、自然、健康、可爱。他们访问的第一站是非洲岛国毛里求斯。王蒙在飞机上俯视这个岛国,感觉这个地方美得不可思议,美得叫人爱不释手。毛里求斯全岛都有甘蔗林,王蒙下榻的旅游宾馆位于海边,从宾馆大门可以望到大海。岛上的空气非常清新,王蒙比喻说这里的空气如一个大氧吧。王蒙到那里的时候,是农历八月初五,位于南半球的毛里求斯此时"春高气爽",晚上可以看到一轮弯弯的新月,而弯月的形状是

---

① 王蒙. 王蒙文集:第10卷. 北京:华艺出版社,1993:215.

正面向上的船形，赏月的同时，还能望到无尽的天空和海洋。这样美妙的胜景，岂不令人陶醉？

【经典品读】

莫斯科的街头雕塑

莫斯科有北京想象不到的高质量街头雕塑。普希金、柴可夫斯基、托尔斯泰、高尔基、罗蒙诺索夫，包括马克思。我们在街旁的树林中看到一位老人家的慈祥的塑像，我们在问这是谁，答：马克思。多么惭愧，竟然认不出马克思来了。在莫斯科，用文化人物名字命名了许多大街与广场，你觉得这确是一个重视文化尊崇艺术的国家。苏维埃时期被贬斥过的陀思妥耶夫斯基的坐式雕像也于近年落成。我想起了《白夜》《白痴》《卡拉玛佐夫兄弟》《被侮辱与被损害的》，想起陀氏的癫痫病，想起他的陪绑绞刑，想起他的酷爱轮盘赌，想起他的落笔万言泥沙俱下拷问灵魂扭住脖项的文风，悲悯无限的陀氏终于坐到了莫斯科的街头，这使我感从中来，不胜唏嘘。

我忽然怪想，俄罗斯的文学太沉重太悲哀太激情也太伟大太发达了，这是不是造就她的独一无二的因素之一呢？

——王蒙《俄罗斯八日》

【我来品说】

1. 结合上文所述的王蒙足迹,回顾你曾经去过的地方,哪个地方给你留下的印象最深刻?

2. 结合王蒙去过的地方,以及你自己去过的地方,查一查有哪些中外名人曾经写过这些地方,这些地方又有哪些名胜古迹。

第八章 这时代的怕与爱

> **导读**
>
> 王蒙最令人称道的是他的人生经验和感悟。他的人生哲学是什么？他的人生有哪些底线？他是如何关注现实的，又是如何从中国传统文化中寻找精神资源的？

王蒙的人生哲学

王蒙在七旬之际，写就了《我的人生哲学》。为什么要写这本书？王蒙说，首先对于书中所写自己不敢独享，这是其一。其二，要归功于责任编辑，好久以前编辑就约稿了，他要信守承诺。其三，不管读者怎样理解，不管有些人意见怎样不同，反正这些经验之谈，这些艺术、感悟与哲学对人应该是有好处的。其四，就是越难的文字，他越是有种想挑战的欲望和勇气。[1]

王蒙认为，人生最重要的两件事情是生存和学习。人只有活着，才能谈及其他，这是前提与基础。王蒙从1958年处于政治浪潮中就开始下乡劳动，这给其最大的感慨就是要关注生存问题，要关注粮食、蔬菜、居室、穿衣、燃料、工具、医药、交通、照明、取暖、婚姻、生育、丧葬、环境……诸种问题。人只有首先解决衣食住行问题，才能从事政治、宗教、科学、艺术等活动。这是一个极为简单朴素的道理，王蒙从基础性的

---

[1] 王蒙. 我的人生哲学. 北京：人民文学出版社，2014：241.

问题着手，让我们真切地感知到这一切。

那么，人在满足了基本的温饱问题之后，该做点什么？"活着，总要干点事。往往不仅是你的活，而更重要的是你所干的事决定了你的价值，也决定了你的活的质量。"[1]

苏联作家奥斯特洛夫斯基在《钢铁是怎样炼成的》一书中有一段人们耳熟能详的话：

人最宝贵的是生命。生命对于每个人都只有一次。人的一生应当这样度过：当他回首往事时，不会因虚度年华而悔恨，也不会因碌碌无为而羞愧；这样，在他临终之际，他能够说："我全部的生命和毕生的精力，都献给了世界上最伟大的事业——为人类的解放而奋斗。"[2]

保尔是为了人类解放，而我们是为了什么呢？换句话说："你主要从事了些什么活动呢？"王蒙用最简单的话说，是"写作"。王蒙还说，学习是贯彻他一生的一条主线。

人在一生中，难免会遇到些挫折。王蒙说，身处逆境的时候，学习的条件最好，心最专，效果最好，也最能清醒地审视、

---

[1] 王蒙. 我的人生哲学. 北京：人民文学出版社，2014：4.
[2] 奥斯特洛夫斯基. 钢铁是怎样炼成的. 上海：上海世界图书出版公司，2016：412.

反省、解剖自己。在"文化大革命"中，王蒙在新疆的经历令人惊讶。他因为被错误地列入另册，不能工作、写作、参加活动。王蒙便把主要精力放在学习毛泽东著作上。他学习维吾尔语，甚至能用维吾尔语背诵毛主席语录。学习是克服艰苦困难生活的良药。当国外友人满怀疑问地问他是怎么度过那段艰苦岁月的时，王蒙用开玩笑的口吻说："我是读维吾尔语的博士后啊，两年预科，五年本科，三年硕士研究生，三年博士研究生，再有三年博士后，不是整整十六年吗？"[1]很多人只看到了别人的成功，却没有看到他们在背后的努力与付出。学习能让自己多几种生存与创造的"武器"。我们不应该觉得学习外语是浪费时间，而应该明白，通过翻译交流学习与直接用原文学习交流是不一样的。翻译得再好也不如原文，就像我们考试前做再多模拟题，也不如做真题是一个道理。

王蒙说，他真正认真学习英语的时候是46岁，于是就给自己规定了硬性指标：每天背30个单词。通过学习外语，王蒙收

---

[1] 王蒙. 我的人生哲学. 北京：人民文学出版社，2014：6.

获颇丰，他说自己去掉了汉语所造成的思维定式，也增强了对于语言学习的自信，还从其他民族的语言中摸索出了一点其他民族的思维特点与长短。[①]他觉得学习语言就是一种人生享受，可以一览大千世界的丰富多彩、人类文化的全部瑰丽，享受学习的乐趣以及不同的人生。

对于学习，王蒙始终持一种谦卑的态度，他经常说"我是学生"。很多学生简单地认为学习就是学课堂上的东西，但其实学习无处不在。学习是一种追求和人生境界，生活才是最大的学问所在。北京大学著名教授王奇生曾说过，一个人若是没有生活常识，那么，他所做的学问也是有问题的。王蒙在说起自己学习语言的经历时，就认为它"是一个生活的过程，是一个活灵活现的与不同民族的人的交往的过程，是一个文化的过程。你不但学到了语言符号，而且学到了别一族群的心态、生活方式、礼节、风习、一种思维方式、一种文化的积淀。用我国文字工作上的一个特殊的词来说，学习语言就是体验生活、深入生活"[②]。

既然如此，学习的目的是什么？换句话说，学习要达到何种层次？我们在学校考试的时候，可能经常会面临这样一种情况：临近考试抱佛脚，用几个星期甚至几天的时间来突击学习，把考试的要点集中复习、背诵，以应对分数的要求。其实，背

[①] 王蒙．我的人生哲学．北京：人民文学出版社，2014：11．
[②] 同[①] 24．

诵只是最基本的功夫。我们可能经常羡慕那些能够过目成诵的人，不过王蒙对这种想法给出的建议是，"背得再好也不过一个天才的小学生，或者也可以说背得再好其实也赶不上一台最初等的电脑"①，包括走上职业岗位后的"职业训练"，这些都是"身外之学"，是"不对人产生总体性影响之学，不化为学习者之血肉之精神之学，不带感情不带创造，靠多次不走样的重复，它一般完全可以由电脑完成之学"②。而学习或者学问的另一个层次就是"记忆力理解力注意力，认真负责的工作精神、敬业精神"③，这些就是"身同之学"，它不是关于一事一物的知识和技巧，而是全面的智力、能力、意识与理念，不是靠看一两本书就能完成或达到的，而是需要不断实行、琢磨、领悟、反省、成熟，不断感化、升华、荡涤、温暖与充实。用通俗的话说，就是要有见识。

我们经常问：别人是这样的观点，那么你自己的观点是什么？这是一个非常有意义的问题。背诵、学习是认识事物的第一步，而理解、感悟、升华成自己的东西才是目的。换句话说，我们要将外在的知识化归到自己的认知方法和体系中。这是一个长期且须付出艰苦努力的过程。

---

① 王蒙. 我的人生哲学. 北京：人民文学出版社，2014：28.
② 同① 29.
③ 同① 29.

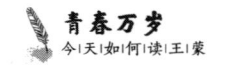

守住人生底线

我们有时会对人生做一些高深的理论的思考，其中不免会包含消极的思考。不少哲学家认为，人生是孤独的、荒谬的甚至痛苦的。他们思考着人生总要有一个出路，并在消极沉寂中摸索与探求。有人选择皈依佛门，有人选择醉生梦死，有人选择正视自我，也有人选择积极应对。其实，万事万物都有自己生长消亡的规律，我们应该对其有清晰的认知。

对此，王蒙给我们的人生忠告不是去做什么，而是"否定式"的不做什么。人生需要有底线，有一些是不能逾越的。"人不应该危害他人，人不应该自暴自弃，人不应该违背公益，人不应该丧失尊严，人不应该悲观绝望，人不应该小肚鸡肠，人不应该野蛮霸道，人不应该贪得无厌，人不应该背信弃义，人不应该卖友求荣，人不应该假冒伪劣……"[1] 我们应在底线之上，去追寻健康的人生。

---

[1] 王蒙. 我的人生哲学. 北京：人民文学出版社，2014：84.

第八章

这时代的怕与爱

我们经常说，人需要有一个健康的身体，但健康的身体绝不是生命健康的全部。人还需要有一个非痛苦的、非歪曲的人生。我们需要学会健康地对待他人、正视自己，拓宽人生的视界，持有一个乐观的人生态度。在这个方面，王蒙有很多地方值得我们学习，包括要有善良的爱心、要有"大境界"和"小乐趣"等。其中有两点与我们的生活息息相关，非常值得学习，那就是：一，懂得自省自律；二，不要试图占据所有的点。

我们发现，大凡成功的人都有一个共性，那就是懂得自省自律。勇于承认自己的不足，是一件非常勇敢的事。承认之后就要落实执行。我们经常听到一句话："等抽空再做。"那这个"抽空"到底是在什么时候？绝大多数人都不能将要做的事坚持下来，因为他们没有一个确切的时间规划。

至于不要试图占据所有的点，王蒙曾说："要永远有失败的准备碰壁的准备被指责的准备和遭遇风险的准备，在这一点上永远不要抱侥幸心理。侥幸心理、自我估计过高与以己为准是一般人最易犯的三个错误。"[1] 人生是有一个平衡的，好事和坏事，知遇与误解，好人和恶棍……王蒙在新疆伊犁农村劳动时，有一次洗脸不小心踩坏了眼镜，一位维吾尔族的老农劝慰他说：

---

[1] 王蒙．我的人生哲学．北京：人民文学出版社，2014：108．

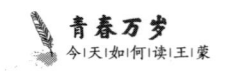

"这很好，人不可能处处有所得有收益，必然是某些方面有所失有损耗，而另些方面有所得有收益。"①这个故事正应验了我们经常说的"有得必有失，有失必有得"。

人们在生活中总会遇到各种各样的事情，处于一定的生活境遇中，人生的路线就是由这些不同的境遇连接起来的，其中有顺境，有逆境，还有无奈的俗境。这就需要我们用不同的心态来面对纷繁芜杂的世界。如王蒙所说："最要劲的时候，你能不能稳住自己，能不能有足够的承受力，能不能不歇斯底里，能不能保持理性和尊严，能不能在困难中保持清醒，反求诸己而绝不怨天尤人，也不必急于强词辩护，同时采取最可行的对应策略与步骤，尤其是不采取任何不智不妥无效有害的言语和行动。这是考验，这是挑战，这是要真本事的事，这又是课堂上学校里并不教授的本事。"②

如果说逆境是人生的考验与挑战，那么顺境则有可能成为人生的陷阱。我们有时会遇到一顺百顺的情况，然而，越是顺利的时候就越可能潜藏着危险，这就要求我们在顺境中保有一颗清醒的心，"当一个人到处吹捧你的时候，他也可能是借此在吹捧他自己"③，甚至会"带来某种方便直至某种特权，于是你享

---

① 王蒙．我的人生哲学．北京：人民文学出版社，2014：108.
② 同①113.
③ 同①113.

受其中"①，带来"一种诱惑和陶醉"②使你依恋，从而不自觉地走向灭亡的深渊。正如孟子说的，生于忧患死于安乐，这确实是古今不变的道理。

很多人还会遇到一种情况，那就是发现自己处于一种生活的俗境：学习或工作不好不坏，生活马马虎虎，比上不足比下有余。当然，日子过得"平"也是一种幸福和运气。比如过够了心惊肉跳的刺激生活，想要去寻求一种安静的生活，未尝不是一种回归。可如果一个人总是这样麻木地生活，有着太多重复，太多日复一日，缺乏新鲜感、浪漫和刺激，则难免被清高的人视为庸俗。③王蒙在年轻时最怕这种庸俗，因此用写作来与之对抗。用今天流行的话说，就是我们要走出自己的"舒适区"，不断探求自己的精彩人生。

前面这些否定式的回答，无疑是人生哲学的排除法。一个人倘若知道自己不能做什么、不该做什么，就已经是非常了不起的事情，甚至可以称得上是哲人了。

此外，我们还有必要了解一下王蒙提出的"人生即燃烧"的命题。拿我们自身来说，一般从6岁上小学，6年后上初中、高中，再然后上大学，4年后毕业时我们已然22岁。其后参加

---

① 王蒙. 我的人生哲学. 北京：人民文学出版社，2014：113-114.
② 同① 114.
③ 同① 115.

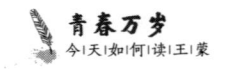

工作直到退休，又是三四十年的时间。时光如白驹过隙，匆匆而逝，对于只有一次的人生，我们要好好珍惜。我们不必苛求自己一定要建功立业，只求努力过、奋斗过，在未来生存发展的道路上可以拥有选择的机会。王蒙的长篇小说《活动变人形》中的主人公倪吾诚到了生命的后期才突然醒悟："我的生活的黄金时代还没有开始呢。"然而，时光不再，读至此，令人叹息不已。好的开端是成功的一半，但其实能够大胆地迈出第一步，便已值得自己称赞。

  王蒙经常回忆说，自己在19岁的时候就决定写长篇小说《青春万岁》，这是一个重要的决定，也极为冒险，就是这个决定改变了自己的一生。当然，王蒙并不是任何积累都没有就开始写的，他是从写百字小文、千字小文做起的。[1] 学然后知不足，做然后知不足，投入然后知不足。王蒙苦心研究，不懈追求——结构、段落、语言、章节、人物塑造、抒情独白，这些每每让王蒙感到备受煎熬。但是，王蒙没有气馁，他悉心投入，努力探索，最终自己蹚出来一条道路。正如王蒙慨叹的：人活一辈子，连正经的痛苦都没有经历过，岂不是白活？

---

[1] 王蒙. 我的人生哲学. 北京：人民文学出版社，2014：144.

第八章 这时代的怕与爱

现状、困惑与反思

进入 21 世纪的时候，王蒙 66 岁。一般人在这个年纪早已退休回家，颐养天年。但是王蒙依然用手中的一支笔，不停地工作着。他不断突破自己既有成果的极限，开辟出一个个崭新的领域，为大众奉献出一个个新的成果。他从文学领域步入中国传统文化领域，研究老庄孔孟，不断有新作出版。

2014 年，王蒙 80 岁，这一年他出版了新作——小说《闷与狂》。小说是虚构的，但其中夹杂着不少他本人的经历，书中叙述的作者体验也是真实的，这是他对自己旧日时光的追忆，以及对现实价值的反思，表达了一位老者对生活的热爱和对生命的激情。2018 年，王蒙又出版新作《中国人的思路》，这部著作是外文出版社"读懂中国"系列中的一本，同时出版了中、英两个版本。这是王蒙研究中国文化的一个成果，它从汉字的产生开始谈起，结合中国历史特别是中国近现代以来的历史，一直谈到改革开放。书中讨论了中国人的整体主义、泛道德主义、机变谋略、此岸性与乐生观念，分析了中国人的进

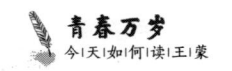

取心与自我调适、中庸理性与精英社会思想，以及中外文化的相异与相通。如果没有深厚的文化功底和人生阅历，是写不出这样厚重的著作的。

王蒙老了吗？不错，2024年的他已经90岁，这是不争的事实。但是在王蒙的身上，我们看到的是他在青年时期喊出"青春万岁"时的激情，这种激情至今仍在。他没有松懈，更没有落伍，而是始终与时代同行。在今天的大众传媒中，我们还可以经常看到王蒙的身影，他的睿智、他的阅历，通过他的口、他的笔，在源源不断地传播着，影响着许许多多的读者和观众。

人们常说，网络时代是年轻人的天下，而网络时代的王蒙呢？他的心依旧是年轻的。2018年10月28日，王蒙在移动互联网平台"今日头条"上，以"作家王蒙"的账号开通了自己的头条号，每天发一则幽默风趣的故事，深受读者喜爱，开通不到两个月，就收获了14万粉丝。但王蒙对互联网带来的一些负面影响始终保持着高度警惕。2013年，他在《读书》杂志第10期上发表《触屏时代的心智灾难》，警告人们注意"信息的异化"。他在文中说，触屏时代的到来，"完全可能造成黄钟喑哑、瓦釜轰鸣的颠倒局面，造成日益严重、难以救药的学风败坏，造成习以为常的轻飘、浮躁、浅薄、急功近利、人云亦云，或者标新立异却并无干货。尤其是，造成哗众取宠的薄幸儿大量出现"[1]。王蒙提倡重视阅读的价值，他说："我们要告诉国人，文化不应该断裂，也不会猝死，文化首先不是力量而是品质，文化的代表首先是诸葛亮、孔孟老庄、李白杜甫……而不是'三个臭皮匠'。"[2] 2015年4月，他在南昌参加"书香赣鄱：在学习中崛起"全民阅读泰豪论坛活动时说，网络时代的阅读是不可能被替代的，"如果用声像的东西来代替阅读，实际上会使自己的精神能力退化"[3]。

王蒙自传的最后一部是《九命七羊》，最后一章的标题为"为这一生感动"。他说，"我寻求的是感动的体验""我走上了文学，我走入了革命，因为文学与革命感动了我"[4]。王蒙早已活了两个不惑之年还要多，那些人们寻常有的困惑，在他的身上已经很罕见了。但他还是坦承，有许多事情是自己说不清楚、想不清楚的，比如关于生命，关于生存，关于死亡，关于永恒；关于学问，关于榜样，关于牺牲，关于价值，关于快乐。这能算王蒙的困惑吗？几千年来，关于这些主题，又有几个人能真正说清楚呢？王蒙说不清楚这些，但是他已经在世

---

[1] 王蒙. 触屏时代的心智灾难. 读书，2013（10）.
[2] 同①.
[3] 刘占昆，华山. 王蒙：网络不能替代阅读. 中国演员，2015（3）.
[4] 王蒙. 九命七羊. 北京：人民文学出版社，2014：420.

间、在祖国、在太阳下面生活过了。所以他说:"我至少应该真正地感动一辈子,我至少一辈子应该有几件,颇有几件事真正让我感动。"①

王蒙欣赏"三省吾身"的古训,在《九命七羊》的最后一章,他说:"活到老,学到老,自省到老。"②他写出了自己在人生几个方面的自省和反省。

他自省他的革命。他对少年时代加入中国共产党的选择无怨无悔,坚信中国人民的革命是不可避免且完全必要的。但是他也看到了革命者仅仅有激情与献身、热血与斗志是不够的。革命胜利后,革命者要转向务实的发展与和谐,转向科学和理性、慎重和责任、自省和与时俱进。

他反省了他心爱的文学和文学人。他热爱文学,同时也看到了一些写作人的另一面,他们掌握话语权,有时候却是那样的矫情、虚夸、自我,自觉或不自觉地蒙骗,色厉内荏,言语清高而实际鄙俗……他反省那些读了几本书的同道中人,他们有的人读书而不明理,有的人空话连篇、装腔作势,有的人说归说、做归做……王蒙问道:"什么时候自省成为风气,而恶毒与乖戾被人们所摒弃呢?"③

---

① 王蒙. 九命七羊. 北京: 人民文学出版社, 2014: 421.
② 同① 428.
③ 同① 428.

第八章
这时代的怕与爱

王蒙还反省了知识和知识分子。真正的知识分子如达·芬奇、屈原，让王蒙感动而且佩服。但让他困惑的是，有的作家、知识分子是那样的大言不惭，那样的横空出世，而实际上是无知，是专横，是装腔作势、借以吓人。这样的困惑，恐怕没有人能给出充分的解答。

看了王蒙的这些困惑和自省、反省，我们不妨问一下：王蒙老了吗？在《九命七羊》中，王蒙讲了这样一个故事：有位以强硬严厉著称的老领导，在开会就餐时把汤汁洒在了领带上，被人们当作笑话传播。王蒙听到这个笑话时说：不要嘲笑这样的事，只要我们不夭折，我们也会有这一天，也会有坐轮椅与说话困难的一日，会双目紧紧盯视着领导却说不出一句话，也会把领带泡到酸辣汤或者海鲜汤里。后来，他把这个故事说给女儿听，女儿笑道："您还想夭折呀，爸爸，来不及了。"虽是玩笑话，但这种挥洒着青春色彩的内在力量，不正是他创作活力的源泉吗？

王蒙的小说《闷与狂》最后一章标题是"明年我将衰老"。明年，什么时候是明年呢？明年是属于未来的，青春是属于作者的。他说："如果明年的衰老仍然不明显，那么就是明年的明年或明年的明年的明年衰老。衰老是肯定的，这不由我拍板，何时衰老我未敢过于肯定，这同样不听谁的批示：这是多么快乐，明年我将衰老，这是多么平和，今天仍然活着……这是我

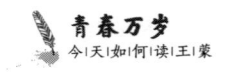

最近十年说过的最好的话，最得得的话，明年我将衰老，今天仍然歌唱。"[1]

2023年，王蒙先生迎来89周岁寿辰。9月27日，中国作家协会在中国现代文学馆主办了"王蒙文学创作70年座谈会暨《人民艺术家·王蒙创作70年全稿》发布会"。在这次发布会上，人民文学出版社出版的《人民艺术家·王蒙创作70年全稿》面世，总字数达2 500万字，共计8编62卷。

在这一年的12月21日，70周年展览活动"青春作赋思无涯——王蒙文学创作70周年展"在北京开幕，王蒙亲自出席了活动并参观展览。此次活动由主办方文化和旅游部、中国作家协会和中央文史研究馆联合主办，分为"青春万岁""这边风景""创作是一种燃烧""大块文章""文化的光照"五个部分，用近300张照片与550多件展品系统地梳理总结了王蒙70年来的创作经历与人生哲思。在2024年新春到来之际，这一展览吸引了大量的游客和青少年学生，成为北京春节众多展览中一个特别的亮点。

不错，对王蒙来说，衰老永远属于未来，歌唱却总是就在当下。

---

[1] 王蒙. 闷与狂. 北京：北京联合出版公司，2014：326.

第八章
这时代的怕与爱

【经典品读】

《闷与狂》片段

我看到了你，不是明年的衰老，而是今年的崆峒。位于甘肃省平凉市。这是一座早负盛名，却又常常被虚构成邪门歪道的山。它的样子太风格，它不像山而像狂人的愤怒雕塑。它太冒险，太高傲突兀，拔地而起，我行我素，压过了左邻右舍，不注意任何公关与上下联通、留有余地。空同不随和。悬崖峭壁，树木和道观，泾水和主峰，灌木和草丛，石阶、碑铭，牌坊，天梯，鹰，和山石合而为一的建筑与向往。天，天，天，云，云，云，与天合一，与云同存，再无困扰，再无因循。多么伟大的黄河流域！我在攀登，我在轻功，我在采摘，我看到了你……我看到了蝴蝶与鸟，我闻到的是针叶与阔叶的香气，我听到的是鸟声人声脚步声树叶唰啦啦。我这里有黄帝，有广成子，有衰老以前的肌肉，有不离不弃的生龙活虎，愿望、期待、回忆、梦、五颜六色、笑靥，构思策划，邀请函件，微信与善恶搞。有渐渐出场的喘气。当然不无咳嗽。本应该成为剑侠，本应该有仙人的超众。我将用七种语言为你唱挽歌转为赞美诗。我已经有了太极。即使明年我将衰老，现在仍是生动！明年我将离去，现在仍在这

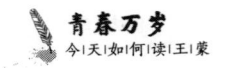

里。你走了,你还是你,谁也伤不了你。我攀登,我仍然山石继世长。嗒嗒嗒嗒,我听到了自己的拾级而上的脚步,我像一只小鸟一样地飞上了山峰,登上了云朵,我绕着空同——崆峒飞翔了又是飞翔了。我仍然舍不得你,亲爱的。

我永远爱你。

——王蒙《闷与狂》

【我来品说】

请结合王蒙的人生哲学谈谈你想如何规划自己的人生。